L. Frank Baum

CONTOS DE FADAS NORTE-AMERICANOS

Tradução:
BÁRBARA ARÁNY DE LA CORTE

A ORTOGRAFIA DESTE LIVRO FOI ATUALIZADA SEGUNDO O ACORDO ORTOGRÁFICO DA LÍNGUA PORTUGUESA DE 1990, QUE PASSOU A VIGORAR EM 2009.

L. Frank Baum

CONTOS DE FADAS NORTE-AMERICANOS

CLÁSSICOS DE BOLSO

LITERATURA INFANTOJUVENIL

MARTIN CLARET

Título original em inglês: *American Fairy Tales*
Ano da primeira publicação: 1901

CONSELHO EDITORIAL
Martin Claret

EDITORA-ASSISTENTE
Rosana Gilioli Citino

CAPA
Ilustração: O musicista – Pensando Chagall III, T. Machado (2010).

MIOLO
Tradução: Bárbara Arány de La Corte
Revisão: Maria Regina Ribeiro Machado / Giacomo Leone
Projeto Gráfico: José Duarte T. de Castro
Editoração Eletrônica: Editora Martin Claret
Impressão e Acabamento: Paulus Gráfica

Dados Internacionais de Catalogação na Publicação (CIP)
(Câmara Brasileira do Livro, SP, Brasil)

Baum, L. Frank, 1856-1919.
Contos de fadas norte-americanos / L. Frank Baum ; tradução Bárbara Arányi de La Corte. -- São Paulo : Martin Claret, 2010. -- (Coleção MC clássicos de bolso : literatura infantojuvenil ; 5)

Título original: American fairy tales
ISBN 978-85-7232-801-2

1. Contos de fadas - Estados Unidos 2. Contos norte-americanos I. Título. II. Série.

10-08809 CDD-813.080375

Índices para catálogo sistemático:

1. Contos de fadas : Coletâneas : Literatura norte-americana 813.080375

EDITORA MARTIN CLARET LTDA.
Rua Alegrete, 62 – Bairro Sumaré – CEP: 01254-010 – São Paulo – SP
Tel.: (11) 3672-8144 – Fax: (11) 3673-7146
www.martinclaret.com.br / editorial@martinclaret.com.br
Impresso em 2010

Sumário

Contos de fadas norte-americanos

O baú dos ladrões 9
O cachorro de vidro 19
A rainha 29
A garota que ganhou um urso 39
As letras encantadas 47
O hipopótamo risonho 55
Os bombons mágicos 65
A captura do Pai-Tempo 73
A bomba maravilhosa 83
O manequim que ganhou vida 95
O Rei dos Ursos Polares 105
O mandarim e a borboleta 111

CONTOS DE FADAS NORTE-AMERICANOS

O BAÚ DOS LADRÕES

Ninguém pretendia deixar Marta sozinha aquela tarde, mas aconteceu de todos terem de sair, por uma razão ou outra. A sra. McFarland estava participando do jogo de cartas semanal da Liga Feminina Antijogos. O namorado de sua irmã Nell a havia convidado de súbito para um longo passeio. Seu pai estava no escritório, como sempre. Era o dia de folga de Mary Ann. Quanto à Emeline, ela certamente devia ter ficado em casa e cuidado da garotinha; mas Emeline tinha uma natureza inquieta.

— A senhorita se importaria se eu cruzasse a rua para dar uma palavrinha com a empregada da sra. Carleton? — perguntou à Marta.

— É claro que não — retrucou a menina. — Mas então é melhor trancar a porta dos fundos e levar a chave, porque vou ficar lá em cima.

— Ah, farei isso, com certeza, senhorita — disse a alegre criada, e correu para passar a tarde com sua amiga, deixando Marta completamente sozinha no casarão, e trancando a porta, como haviam combinado.

A garotinha leu algumas páginas de seu livro novo, deu alguns pontos no bordado e começou a brincar de casinha com suas quatro bonecas preferidas. Então se lembrou de que no sótão havia uma casa de bonecas que ela já não usava havia meses, e decidiu limpá-la e arrumá-la.

Entusiasmada com essa ideia, Marta subiu os degraus sinuosos que levavam ao grande quarto sob o telhado. O aposento era quente e aconchegante, e bem iluminado por três janelas no alto. Encostadas nas paredes havia filas de caixas e malas, pilhas de tapetes velhos, peças de mobília quebrada, trouxas de roupas fora de uso e outras bugigangas de maior ou menor valor. Toda casa bem ordenada tem um sótão desse tipo, então não é preciso descrevê-lo mais.

Tinham mudado a casa de bonecas de lugar, mas após uma busca Marta a encontrou num canto perto da grande chaminé. Ao puxar a casinha a menina percebeu que atrás dela havia um baú de madeira preta que o tio Walter mandara da Itália muitos e muitos anos antes — na verdade, quando Marta nem tinha nascido. Sua mãe lhe falara daquilo um dia; de como não havia chave para a caixa, porque o tio Walter queria que ela permanecesse fechada até o seu retorno a casa; e de como esse tio nômade, um grande caçador, fora para a África caçar elefantes e nunca mais se ouvira falar nele.

A garotinha olhou para o baú com curiosidade, agora que ele havia acidentalmente atraído sua atenção.

Ele era bem grande — maior ainda que o baú de viagem de sua mãe — e crivado de tachinhas de bronze escurecido. Era também pesado, pois quando Marta tentou levantar uma ponta não pôde movê-lo nem um pouquinho. Mas viu que, na parte frontal da tampa, havia uma fechadura. Parando para examinar o fecho, percebeu que seria necessária uma chave muito grande para abri-lo.

Então, como você deve estar suspeitando, a garotinha desejou ardentemente abrir o grande baú do tio Walter e ver o que havia dentro dele. Pois todos somos curiosos, e garotinhas são tão curiosas quanto as demais pessoas.

"Não acredito que o tio Walter vá voltar algum dia", ela pensou. "Papai disse uma vez que algum elefante deve ter acabado com ele. Se eu tivesse a chave..." Ela se deteve e, alegremente, bateu palmas com suas mãozinhas ao se lembrar de uma grande cesta de chaves que ficava na prateleira do guarda-roupa. Lá havia chaves de todos os tipos e tamanhos; talvez uma delas pudesse destrancar o baú misterioso.

Marta desceu a escada correndo, encontrou a cesta e retornou com ela para o sótão. Sentou-se em frente do baú crivado de tachinhas e começou a experimentar as chaves, uma a uma, na curiosa fechadura antiga. Algumas eram muito grandes, mas a maioria era muito pequena. Uma se encaixava no buraco mas não girava; uma outra emperrou de tal forma que durante um tempo a garota temeu não poder tirá-la nunca mais. Mas, afinal, quando a cesta estava quase vazia, uma antiga chave de bronze, de um formato estranho, se encaixou facilmente na fechadura. Com um grito de alegria, Marta girou a chave com ambas as mãos; então ouviu um brusco clique, e no momento seguinte a pesada tampa se abriu por conta própria!

A garotinha se inclinou por um momento sobre a ponta da arca, e o que seus olhos viram fez que desse um salto para trás, assustada.

Devagar e com cuidado um homem foi se erguendo da arca, saiu para o chão, espreguiçou-se e depois tirou o chapéu e se curvou educadamente para a atônita criança.

Ele era alto e magro, e seu rosto parecia bronzeado demais ou mesmo queimado de sol.

Então outro homem emergiu do baú, bocejando e esfregando os olhos como um aluno sonolento. Era de estatura média, e sua pele era tão bronzeada quanto a do primeiro homem.

Enquanto Marta olhava espantada, boquiaberta, para aquela cena extraordinária, um terceiro homem se arrastou para fora da arca. Ele tinha a mesma cor de pele de seus colegas, mas era baixo e gordo.

Todos os três estavam vestidos de um modo curioso. Usavam jaquetas curtas de veludo vermelho com debruns dourados e calças curtas de seda azul-celeste com botões prateados. Trançadas sobre suas meias, havia largas fitas vermelhas, amarelas e azuis, e seus chapéus tinham abas amplas e palas altas e pontudas, nas quais se agitavam metros de fitas muito coloridas.

Eles tinham grandes argolas de ouro nas orelhas e fileiras de facas e pistolas nos cintos. Seus olhos eram negros e brilhantes, e os três usavam bigodes longos e ameaçadores, de pontas curvadas como a cauda de um porco.

— Nossa! Mas você estava pesado! — exclamou o homem gordo, depois de ajeitar a jaqueta de veludo e tirar a poeira de suas calças azul-celeste. — Me apertou e me deixou todo amassado e desarrumado.

— Era inevitável, Lugui — respondeu alegremente o homem magro —, a tampa do baú me apertava contra você. Ainda assim ofereço minhas desculpas.

— Quanto a mim — disse o terceiro homem, enrolando um cigarro cuidadosamente e logo o acendendo —, você tem de me agradecer por eu ter sido seu amigo mais chegado por anos; então, não seja desagradável.

— Você não deve fumar no sótão — disse Marta, recobrando-se ao ver o cigarro. — Pode pôr fogo na casa.

O homem de estatura média, que ainda não tinha notado a presença da garotinha, quando a ouviu se voltou e inclinou-se para ela.

— Uma vez que uma dama está pedindo — disse ele —, devo deixar de lado meu cigarro — e jogou o cigarro no chão, apagando-o com o pé.

— Quem é você? — perguntou Marta, que ainda estava muito atônita para ter medo.

— Permita-me que nos apresentemos — disse o homem magro, fazendo um meneio gracioso com o chapéu. — Este é Lugui — o homem gordo se inclinou —, este é Beni — o homem de estatura média se curvou —, e eu sou Vitor. Nós somos três bandidos. Bandidos italianos.

— Bandidos! — gritou Marta, com um olhar de terror.

— Exatamente. No mundo inteiro talvez não haja outros três bandidos tão ferozes e terríveis quanto nós — disse Vitor, orgulhoso.

— Verdade — concordou o homem gordo, gravemente.

— Mas isso é uma malvadeza! — exclamou Marta.

— De fato, é — retrucou Vitor. — Nós somos extrema e tremendamente malvados. Acho que não encontrará em todo o mundo três homens mais malvados do que estes aqui na sua frente.

— Isso mesmo — aprovou o homem gordo.

— Mas vocês não deveriam ser tão malvados — disse a garota —; isso é... é... indecente!

Vitor baixou o olhar e corou.

— Indecente! — arfou o homem gordo, com um olhar horrorizado.

— É uma palavra muito pesada — disse Lugui, triste, cobrindo o rosto com as mãos.

— Eu nunca pensei... — murmurou Vitor, com uma voz entrecortada pela emoção — ser tão insultado... e por uma dama! Bem, talvez a senhorita tenha falado sem pensar. Tem de levar em conta que nossa perversidade tem um motivo. Como poderíamos ser bandidos, pergunto-lhe, sem ser malvados?

Marta estava confusa e balançou a cabeça, pensativa. Então se lembrou de uma coisa.

— Vocês não podem mais continuar bandidos — disse —, porque agora estão nos Estados Unidos.

— Estados Unidos! — gritaram os três juntos.

— Isso mesmo. Estão na avenida Prairie, em Chicago. O tio Walter os mandou para cá dentro desse baú.

Os bandidos ficaram completamente desnorteados com essa afirmação. Lugui sentou-se em uma velha cadeira de balanço quebrada e limpou a testa com um lenço de seda amarela. Beni e Vitor retrocederam até o baú e olharam para Marta, pálidos e espantados.

Após se refazer um pouco, Vitor falou:

— Seu tio Walter agiu muito, muito, mal conosco — disse em tom reprovador. — Nos tirou de nossa amada Itália, onde os bandidos são muito respeitados, e nos trouxe para um país estranho, onde talvez não saibamos a quem roubar ou quanto cobrar por um resgate.

— Verdade! — concordou o homem gordo, dando um tapa na perna.

— E nós já havíamos conquistado uma ótima reputação na Itália! — disse Beni, pesaroso.

— Talvez o tio Walter os quisesse regenerar — sugeriu Marta.

— Quer dizer que não há bandidos em Chicago? — perguntou Vitor.

— Bom — contestou a garota, e dessa vez foi ela que ficou corada —, nós não os chamamos de bandidos.

— Então o que faremos para viver? — perguntou Beni, desesperado.

— Em qualquer grande cidade americana pode-se fazer muita coisa — disse a menina. — Meu pai é advogado — os bandidos estremeceram —, e o primo da minha mãe é inspetor de polícia.

— Ah — disse Vitor —, esse é um bom trabalho. A polícia precisa ser inspecionada, sobretudo na Itália.

— Em todos os lugares! — acrescentou Beni.

— Então vocês podem fazer outras coisas — continuou Marta, encorajadora. — Podem ser motorneiros de bonde ou funcionários numa loja de departamentos. Para ganhar a vida, algumas pessoas se tornam até vereadores.

Os bandidos apertaram a cabeça tristemente.

— Não servimos para esse trabalho — disse Vitor. — Nosso negócio é roubar.

Marta tentava pensar.

— É muito difícil conseguir um posto no serviço de gás, mas vocês podem se tornar políticos.

— Não! — gritou Beni, com uma fúria súbita. — Não devemos abandonar nossa grande vocação. Sempre fomos e sempre seremos bandidos!

— Verdade! — concordou o homem gordo.

— Mesmo em Chicago deve haver pessoas para roubar — observou Vitor, animado.

Marta estava aflita.

— Acho que todas elas já foram roubadas — discordou ela.

— Sendo assim podemos roubar os ladrões, uma vez que nossa experiência e talento são extraordinários — disse Beni.

— Ai, meu Deus, meu Deus! — lamentou-se a garota. — Por que o tio Walter os mandou para cá nesse baú?

Os bandidos ficaram interessados.

— Isso é o que nós gostaríamos de saber — declarou Vitor, impaciente.

— Mas ninguém conseguirá saber, porque o tio Walter desapareceu quando estava caçando elefantes na África — continuou Marta com convicção.

— Então precisamos aceitar o nosso destino e roubar o máximo que nosso talento nos permita — disse Vitor. — Enquanto formos leais à nossa amada profissão não teremos de que nos envergonhar.

— Verdade! — gritou o homem gordo.

— Irmãos! Vamos começar agora mesmo. Vamos roubar a casa em que estamos.

— Ótimo! — bradaram os outros, levantando-se de um salto.

Beni se voltou ameaçadoramente para a criança.

— Fique aqui! — ordenou. — Se mover um pé do lugar será culpada pela sua morte! — Então acrescentou num tom mais gentil: — Não tenha medo; essa é a forma com que todos os bandidos falam com seus prisioneiros. Mas é claro que nós não machucaríamos uma jovem dama em nenhuma circunstância.

— É claro que não — disse Vitor.

O homem gordo puxou uma grande faca do cinto e a brandiu sobre sua cabeça.

— Sangue! — exclamou, ameaçador.

— Ação! — gritou Beni com uma voz terrível.

— Pobres de nossos inimigos! — silvou Vitor.

Então, após fazerem reverências um para o outro até quase se quebrarem ao meio, os três bandidos deslizaram furtivamente escada abaixo, com pistolas engatilhadas nas mãos e facas reluzentes entre os dentes, deixando Marta tremendo de medo e aterrorizada demais até mesmo para gritar por socorro.

Quanto tempo permaneceu sozinha no sótão ela nunca soube, mas afinal ouviu os passos sorrateiros dos bandidos retornando e os viu subindo as escadas em fila indiana.

Todos tinham os braços repletos de objetos pilhados, e Lugui equilibrava uma torta de frutas no topo de uma pilha dos melhores vestidos de noite da mãe de Marta. Vitor vinha em seguida, com uma braçada de quinquilharias, um candelabro de bronze e o relógio da sala. Beni trazia a Bíblia da família, uma cesta com a prataria do aparador, o caldeirão de cobre e o sobretudo de peles do pai de Marta.

— Que alegria! — disse Vitor, colocando sua carga no chão. — É muito divertido voltar a roubar.

— Uma maravilha! — exclamou Beni; mas em seguida deixou o caldeirão cair no dedo do pé e começou a dar pulos agoniados pelo aposento, enquanto murmurava palavras esquisitas em italiano.

— Temos muitas coisas de valor aqui — continuou Vitor, segurando a torta de Lugui enquanto este juntava o produto de seu saque à pilha. — E tudo de uma só casa! Os Estados Unidos devem ser um lugar rico.

Com uma adaga, ele cortou para si um pedaço de torta, dando depois o restante para seus colegas. E então todos os três sentaram no chão e comeram a torta, enquanto Marta os observava tristemente.

— Nós deveríamos ter uma caverna — observou Beni —, pois precisamos guardar nossa pilhagem em um lugar seguro. Sabe de alguma caverna secreta? — perguntou à Marta.

— Há a Caverna do Mamute — ela respondeu —, mas fica no Kentucky. Vocês teriam de fazer uma longa viagem de trem para chegar lá.

Os três bandidos ficaram pensativos e mascaram sua torta em silêncio, mas no momento seguinte foram surpreendidos pelo toque da campainha elétrica, que era ouvido claramente até mesmo no remoto porão.

— O que é isso? — inquiriu Vitor com a voz rouca, enquanto os três se amontoavam no chão, com as adagas desembainhadas.

Marta correu para a janela e viu que era apenas o carteiro, que deixara uma carta na caixa e fora embora. Mas o incidente lhe deu uma ideia de como se livrar dos incômodos bandidos; ela começou a apertar as mãos como se estivesse muito aflita e bradou:

— É a polícia!

Os ladrões se entreolharam, verdadeiramente assustados, e Lugui perguntou, trêmulo:

— São muitos?

— Cento e doze! — exclamou Marta, depois de fingir contá-los.

— Então estamos perdidos! — declarou Beni. — Nunca poderíamos lutar com tantos e sobreviver.

— Eles estão armados? — perguntou Vitor, que tremia como se sentisse frio.

— Ah, estão, sim — disse ela. — Eles têm fuzis e espadas, e revólveres e machados, e... e...

— E o quê? — interpelou Lugui.

— E canhões!

Os três malfeitores gemeram alto, e Beni disse, com a voz abafada:

— Espero que eles nos matem rapidamente, que não nos torturem. Ouvi falar que esses americanos são índios cara-pintada, terríveis e sanguinários.

— Verdade! — arfou o homem gordo, estremecendo.

Marta voltou-se subitamente e perguntou:

— Vocês são meus amigos, não são?

— Somos dedicados à senhorita! — respondeu Vitor.

— Nós a adoramos! — bradou Beni.

— Morreríamos pela senhorita! — acrescentou Lugui, pensando que estava de qualquer forma prestes a morrer.

— Então vou salvar vocês — disse a garota.

— Como? — perguntaram os três numa só voz.

— Entrem de novo no baú — ela disse. — Depois eu fecho a tampa, e assim não conseguirão encontrar vocês.

Os bandidos ficaram olhando em torno do aposento de maneira aturdida e indecisa, mas ela exclamou:

— Vamos, rápido! Logo a polícia estará aqui para os prender!

Então Lugui saltou para dentro do baú e se deitou no fundo. Beni rolou para dentro em seguida, deitando-se de costas. Vitor entrou por último, após mandar graciosamente um beijo para a garota.

Marta correu para abaixar a tampa, mas não conseguiu fazer que se fechasse.

— Vocês têm de se apertar mais — disse aos bandidos.

Lugui gemeu.

— Estou fazendo o melhor que posso, senhorita — disse Vitor, que ficara mais perto do topo —, mas se antes cabíamos bastante bem, a arca agora parece muito pequena para nós.

— Verdade! — ressoou lá de baixo a voz abafada do homem gordo.

— Eu sei o que está tomando espaço — disse Beni.

— O quê? — perguntou Vitor, aflito.

— A torta — respondeu Beni.

— Verdade! — veio a voz fraca do fundo da arca.

Então Marta sentou-se na tampa do baú, fazendo sobre ela toda a força que podia. Para sua grande satisfação, a fechadura encaixou, e a menina, saltando para o chão, fez um grande esforço e conseguiu girar a chave.

O cachorro de vidro

Um grande feiticeiro vivia no andar superior de uma casa de cômodos e dedicava seu tempo a estudos pensados e pensamentos estudados. O que não sabia sobre feitiçaria era coisa que não importava muito, uma vez que ele tinha todos os livros e as receitas de todos os feiticeiros que haviam vivido antes dele; e, além do mais, ele mesmo inventara vários encantamentos.

Esse homem admirável seria completamente feliz não fosse pelas numerosas interrupções de seus estudos, feitas pela gente que ia consultá-lo sobre seus problemas (nos quais ele não estava interessado) e pelas insistentes batidas à porta — o homem do gelo, o leiteiro, o padeiro, o homem da lavanderia e a vendedora de amendoim. Ele nunca tratara com nenhuma dessas pessoas, mas elas batiam à porta todos os dias para falar sobre isso e aquilo ou para tentar vender suas mercadorias. Justo quando ele estava profundamente interessado em seus livros ou empenhado em observar o borbulhante caldeirão, lá vinha alguém batendo à porta. E, quando ele conseguia mandar o intruso embora, sempre via que perdera o curso dos pensamentos ou arruinara a poção.

Essas interrupções acabaram despertando a sua raiva, e ele decidiu que precisava de um cachorro que mantivesse as pessoas longe de sua porta. Não sabia onde encontrar um cachorro, mas, no apartamento ao lado, vivia um pobre soprador de vidro com quem ele tinha alguma familiaridade; então foi até o apartamento do homem e perguntou:

— Onde posso achar um cachorro?

— Que tipo de cachorro? — perguntou o soprador de vidro.

— Um bom cachorro. Um que ladre para as pessoas e as mande embora. Um que não dê trabalho para cuidar e não espere ser alimentado. Um que não tenha pulgas e não faça sujeira. Um que me obedeça quando eu lhe falar. Resumindo, um bom cachorro — disse o feitceiro.

— Um cachorro como esse é difícil de encontrar — retrucou o soprador de vidro, que estava ocupado fazendo um vaso de flores de vidro azul, enfeitado com uma roseira de vidro cor-de-rosa, com pétalas de vidro verde e rosas de vidro amarelo.

O feiticeiro observou-o pensativamente.

— Mas você não poderia fazer um cachorro de vidro para mim? — perguntou ele em seguida.

— Eu posso — declarou o soprador de vidro —, mas, você sabe, ele não vai latir para as pessoas.

— Ah, quanto a isso, posso dar um jeito facilmente — retrucou o outro. — Se não pudesse fazer um cachorro de vidro latir, isso significaria que sou um feiticeiro desprezível.

— Muito bem, então. Se um cachorro de vidro lhe serve, ficarei feliz em soprar um. Basta que pague pelo meu trabalho.

— Certamente — concordou o feiticeiro. — Mas não tenho aquela coisa desagradável que as pessoas chamam de dinheiro. Você teria de aceitar alguma de minhas mercadorias em troca.

O soprador de vidro considerou a questão por um momento.

— Você poderia me dar algo que curasse meu reumatismo? — perguntou.

— Ah, claro, isso é fácil.

— Então, negócio fechado. Vou começar o cachorro agora mesmo. Que cor de vidro devo usar?

— Cor-de-rosa é uma cor bonita — disse o feiticeiro —, e é pouco comum em cachorros, não é?

— Bastante — respondeu o soprador de vidro —, pois então ele será cor-de-rosa.

Assim o feiticeiro voltou para seus estudos e o soprador de vidro começou a fazer o cachorro.

Na manhã seguinte, ele entrou no apartamento do feiticeiro com o cachorro de vidro debaixo do braço e o deixou cuidadosamente sobre a mesa. O animal tinha um belo tom de rosa, com um pelo de vidro bem trabalhado e uma fita de vidro azul no pescoço. Seus olhos eram pontos de vidro negro e aparentavam um brilho inteligente, como acontece como muitos dos olhos de vidro usados pelo homem.

O feiticeiro se mostrou contente com a habilidade do soprador de vidro e imediatamente entregou-lhe um frasco pequeno.

— Isso vai curar o seu reumatismo — disse.

— Mas o frasco está vazio! — protestou o soprador de vidro.

— Não está; há uma gota de líquido em seu interior — foi a resposta do feiticeiro.

— E uma só gota vai curar meu reumatismo? — inquiriu o soprador de vidro, espantado.

— Com toda a certeza. Esse remédio é maravilhoso. A gotinha dentro do frasco cura no mesmo instante qualquer tipo de doença conhecida pela humanidade. Sendo assim, é especialmente boa para reumatismo. Mas guarde-a bem, porque é a única gota desse tipo no mundo, e eu me esqueci da receita.

— Obrigado — disse o soprador de vidro, e voltou para o seu apartamento.

O feiticeiro fez então um conjuro mágico e murmurou sobre o cachorro de vidro várias palavras sábias na linguagem dos feiticeiros. Como consequência disso, o animalzinho primeiro abanou o rabo de um lado para o outro, depois piscou astuciosamente o olho esquerdo e afinal começou a latir de forma muito assustadora — quer dizer, considerando-se o fato de que o barulho vinha de um cão cor-de-rosa. Há algo quase assombroso nas artes mágicas dos feiticeiros; a menos, é claro, que saiba como fazer essas coisas você mesmo, e assim já não se surpreenda com elas.

O feiticeiro ficou alegre como um professor de escola com

o sucesso de seu conjuro, ainda que não se espantasse com isso. Deixou imediatamente o cachorro do lado de fora da porta, onde ele poderia latir para qualquer um que ousasse bater e com isso perturbar os estudos de seu mestre.

O soprador de vidro, de volta a seu apartamento, decidiu não usar de imediato a gota única do cura-tudo do feiticeiro.

"Meu reumatismo está melhor hoje", refletiu ele, "e seria sensato guardar o remédio para uma ocasião em que eu esteja muito mal, quando ele terá mais serventia para mim".

Então colocou o frasco no armário e foi trabalhar, soprando mais rosas de vidro. Logo em seguida lhe ocorreu que talvez o remédio não pudesse ser guardado, e então decidiu perguntar a respeito disso ao feiticeiro. Mas quando chegou à sua porta o cachorro de vidro latiu tão furiosamente que ele não se atreveu a bater, e retornou muito apressado para o seu apartamento. Na realidade, o pobre homem estava bastante aborrecido com a recepção tão pouco amigável do cachorro que ele mesmo tinha moldado com tanto carinho e habilidade.

Na manhã seguinte, lendo o jornal, ele reparou em um artigo que dizia que a bela srta. Mydas, a moça mais rica da cidade, estava muito doente, e os médicos haviam desistido de qualquer esperança de recuperação.

Ainda que trabalhasse duramente, fosse miseravelmente pobre e de feições pouco atraentes, o soprador de vidro era um homem de ideias. Logo se lembrou do precioso remédio, e resolveu usá-lo de forma mais proveitosa que para aliviar seus próprios males. Vestiu-se com suas melhores roupas, penteou o cabelo, escovou o bigode, lavou as mãos, pôs uma gravata, engraxou os sapatos pretos, limpou o colete com uma esponja, e então colocou no bolso o frasco do mágico cura-tudo. Em seguida trancou a porta, desceu as escadas e andou pelas ruas até a imponente mansão onde morava a rica srta. Mydas.

O mordomo abriu a porta e disse:

— Não queremos sabão, nem fotografias, nem óleo para cabelos, nem livros, nem fermento em pó. Minha jovem patroa está morrendo e já estamos bem supridos para o funeral.

O soprador de vidro ficou desgostoso por ser tomado por mascate.

— Meu amigo — ele começou orgulhosamente; mas o mordomo o interrompeu dizendo:

— Não queremos lápides, tampouco; a família tem um cemitério e o monumento já está construído.

— O cemitério não será necessário se você me permitir falar — disse o soprador de vidro.

— Não queremos médicos, senhor; eles já desistiram da minha jovem patroa, e ela já desistiu dos médicos — continuou o mordomo, calmamente.

— Eu não sou médico — retrucou o soprador de vidro.

— Os outros também não eram. Mas qual é o seu propósito?

— Eu vim para curar sua jovem patroa com uma poção mágica.

— Entre, por favor, e sente-se no vestíbulo. Vou falar com a governanta — disse o mordomo, mais educadamente.

Então ele falou com a governanta; esta encaminhou a questão para o administrador, que por sua vez consultou o cozinheiro; que beijou a criada da srta. Mydas e a mandou receber o estranho. Assim são os muito ricos, cercados de formalidades mesmo quando estão morrendo.

Ao ouvir o soprador de vidro dizer que tinha um remédio capaz de curar sua patroa, a criada falou:

— Estou feliz que você tenha vindo.

— Mas — disse ele —, se eu restaurar a saúde de sua patroa, ela deverá se casar comigo.

— Vou fazer-lhe umas perguntas e ver se ela está disposta a isso — respondeu a criada, e foi imediatamente consultar a srta. Mydas.

A moça não hesitou nem por um instante.

— Melhor me casar com um velho qualquer que morrer! — ela gemeu. — Tragam esse homem aqui logo!

Então o soprador de vidro foi até lá, derramou a gota mágica em um pouco de água, deu para a paciente, e, no minuto seguinte, a srta. Mydas estava tão bem como jamais estivera em sua vida.

— Deus meu! — exclamou. — Eu tenho um compromisso hoje à noite, a recepção dos Fritter. Traga meu traje de seda cor de pérola, Marie, vou começar já a me arrumar. E não esqueça de cancelar o pedido de flores para o funeral e o seu vestido de luto.

— Mas, srta. Mydas — protestou o soprador de vidro, alerta —, prometeu se casar comigo se eu a curasse.

— Eu sei — disse a jovem —, mas precisaremos de tempo para fazer os anúncios apropriadamente nos jornais da sociedade, e para mandar fazer os convites. Venha aqui amanhã e falaremos sobre isso.

O soprador de vidro não a havia impressionado favoravelmente como marido. Ela não queria perder a recepção dos Fritter e estava feliz em achar uma desculpa para se livrar dele por um tempo.

Ainda assim o homem foi para casa tomado de alegria; pensava que seu estratagema fora bem-sucedido e se via prestes a se casar com uma mulher rica que lhe proporcionaria uma vida de luxo para sempre.

A primeira coisa que fez ao chegar a seu apartamento foi despedaçar os apetrechos de soprar vidro e jogá-los pela janela.

Feito isso, ele se sentou para imaginar formas de gastar o dinheiro de sua esposa.

No dia seguinte foi à casa da srta. Mydas, que estava lendo um romance e comendo bombons de chocolate, feliz como se jamais houvesse estado doente em sua vida.

— Onde conseguiu aquele remédio mágico que me curou? — perguntou.

— Com um sábio feiticeiro — disse ele. E então, pensando que isso poderia interessá-la, contou como fizera o cachorro de vidro para o feiticeiro e como ele latia e impedia todos de perturbarem seu dono.

— Que maravilha! — disse ela. — Eu sempre quis ter um cachorro de vidro que latisse.

— Mas há apenas um assim em todo o mundo — ele respondeu —, e pertence ao feiticeiro.

— Você tem de comprar esse cachorro para mim — disse a jovem.

— O feiticeiro não liga nem um pouco para dinheiro — retrucou o soprador de vidro.

— Então você tem de roubá-lo para mim — ela replicou. — Não posso viver feliz nem mais um dia sem ter um cachorro de vidro que late.

O soprador de vidro ficou muito constrangido com aquilo, mas disse que ia ver o que podia fazer. Isso porque um homem deve sempre agradar à sua esposa, e a srta. Mydas prometera casar-se com ele dentro de uma semana.

No caminho para casa, ele comprou um saco volumoso e, quando passou pela porta do feiticeiro e o cachorro cor-de-rosa correu e latiu, o jogou sobre o animal, amarrou a abertura com um pedaço de barbante e o carregou para o seu apartamento.

No dia seguinte enviou o saco por um mensageiro para a srta. Mydas, com seus cumprimentos, e no fim da tarde foi vê-la em pessoa, seguro de que seria recebido com gratidão por haver roubado o cachorro que ela tanto desejava.

Mas quando chegou à porta, que foi aberta pelo mordomo, qual não foi sua surpresa em ver o cachorro de vidro correr para ele e começar a latir furiosamente.

— Chame o cachorro — ele gritou, aterrorizado.

— Não posso, senhor — respondeu o mordomo.

— Minha jovem patroa deu ordens ao cachorro de vidro para latir sempre que o senhor viesse aqui. É melhor ter cuidado — acrescentou ele —, porque se ele o morder talvez o senhor pegue vidrofobia!

Isso assustou tanto o pobre soprador de vidro que ele foi embora apressadamente. Mas parou em uma drogaria e colocou seu último centavo no telefone público para poder falar com a srta. Mydas sem ser mordido pelo cachorro.

— Ligue-me com Pelf 6742! — pediu à telefonista.

— Alô! Pois não? — disse uma voz.

— Eu quero falar com a srta. Mydas — disse o soprador de vidro.

Logo uma voz doce disse:

— Aqui fala a srta. Mydas. O que você deseja?

— Por que me tratou de forma tão cruel e mandou o cachorro me atacar? — perguntou o pobre homem.

— Bem, para dizer a verdade — disse a jovem —, não gosto da sua aparência. Suas bochechas são pálidas e flácidas, seu cabelo é grosseiro e muito comprido, seus olhos são pequenos e vermelhos, suas mãos grandes e ásperas, e você tem as pernas tortas.

— Mas não posso mudar minha aparência! — alegou o soprador de vidro. — E a senhorita realmente prometeu se casar comigo.

— Se você fosse mais bonito, eu manteria minha promessa — retrucou ela. — Mas, dadas as circunstâncias, você não me serve como marido, e, a menos que se mantenha longe de minha mansão, mandarei meu cachorro de vidro atacar você! — Então ela desligou o telefone, tendo dito tudo que queria dizer.

O infeliz soprador de vidro foi para casa com o coração partido de desapontamento. Lá começou a amarrar no balaústre da cama uma corda com a qual pretendia se enforcar. Alguém bateu à porta e, ao abri-la, viu o feiticeiro.

— Perdi meu cachorro — anunciou este.

— É mesmo? — retrucou o soprador de vidro, fazendo um nó na corda.

— Sim. Alguém o roubou.

— Isso é muito ruim — declarou o soprador de vidro, indiferente.

— Você tem de fazer outro para mim — disse o feiticeiro.

— Não tenho como; joguei fora todas as minhas ferramentas.

— Mas o que posso fazer? — perguntou o feiticeiro.

— Não sei, a menos que ofereça uma recompensa pelo cachorro.

— Mas não tenho dinheiro — disse o feiticeiro.

— Ofereça uma de suas poções, então — sugeriu o soprador de vidro, preparando na corda o laço onde entraria sua cabeça.

— A única coisa que tenho sobrando — retrucou o feitceiro, pensativamente — é o Pó da Beleza.

— O quê!? — gritou o soprador de vidro, jogando a corda ao chão. — Você realmente tem uma coisa dessas?

— Sim, certamente. Qualquer um que use o pó se tornará a pessoa mais bonita do mundo.

— Se vai oferecer isso como recompensa — disse ansiosamente o soprador de vidro —, vou tentar achar o cachorro para você, porque ser bonito é o que mais desejo na vida.

— Mas devo avisar que a beleza será apenas superficial — disse o feiticeiro.

— Para mim, isso não tem importância — replicou feliz o soprador de vidro.

— Então me diga onde achar meu cachorro e você terá o pó — prometeu o feiticeiro.

O soprador de vidro saiu de casa e fingiu procurar o cachorro; dali a pouco, retornou e disse:

— Descobri o cachorro. Você o encontrará na mansão da srta. Mydas.

O feiticeiro foi logo para a mansão ver se era verdade, e, é claro, o cachorro de vidro correu para fora e começou a latir para ele. Então o feiticeiro estendeu as mãos e entoou um conjuro mágico que logo fez o cachorro dormir; assim o feiticeiro pôde erguê-lo e carregá-lo consigo para o seu apartamento no andar superior da casa de cômodos.

Mais tarde levou o Pó da Beleza para o soprador de vidro como recompensa. O sujeito engoliu o pó imediatamente e tornou-se o homem mais bonito do mundo.

Quando o soprador de vidro voltou a procurar a srta. Mydas não havia mais cachorro para latir contra ele, e assim que a jovem o viu ficou enamorada de sua beleza.

— Se ao menos você fosse um conde ou um príncipe — suspirou ela —, eu me casaria com você de bom grado.

— Mas eu sou um príncipe — ele respondeu —, o Príncipe dos Sopradores de Cachorro.

— Ah! — exclamou ela. — Sendo assim, se você estiver disposto a aceitar uma pensão de quatro dólares por semana eu mandarei imprimir os convites de casamento.

O homem hesitou, mas, quando se lembrou da corda pendendo do balaústre de sua cama, concordou com as condições da jovem.

Assim eles se casaram, e a noiva tinha muito ciúme da beleza de seu marido e fez que ele levasse uma vida miserável. E o soprador de vidro conseguiu endividar-se a ponto de deixar a esposa na miséria.

Quanto ao cachorro de vidro, com um encantamento o feiticeiro o fez voltar a latir e o colocou do lado de fora de sua porta. Imagino que ele ainda esteja lá, e isso eu sinto muito, pois gostaria de consultar o feiticeiro sobre a moral desta história.

A rainha

Certa vez um rei morreu, conforme ocorre com todos os reis, tão sujeitos à brevidade da vida quanto os outros mortais.

Já estava mais do que na hora de esse rei abandonar a vida terrena, uma vez que vivera de uma forma tristemente extravagante, e seus súditos podiam passar muitíssimo bem sem ele.

Seu pai lhe deixara um grande tesouro, com dinheiro e joias em abundância. Mas o tolo rei recém-falecido desperdiçara cada centavo com sua vida dissoluta. E depois subira os impostos de seus súditos até a maioria deles tornar-se mendigos, e esse dinheiro também foi gasto com uma vida ainda mais dissoluta. Em seguida ele vendeu toda a magnífica mobília antiga do palácio; todas as baixelas, os pratos e as quinquilharias de prata e ouro; todos os ricos tapetes e equipamentos, e até mesmo o guarda-roupa real; guardou apenas um manto de arminho manchado e comido pelas traças, para encobrir suas roupas puídas. E gastou o dinheiro em mais vida dissoluta.

Não me peça que explique o que é uma vida dissoluta. Só sei, de ouvir dizer, que é um excelente meio de jogar dinheiro fora. E isso o extravagante rei logo descobriu.

O rei então pegou todas as magníficas pedras preciosas de sua coroa real e da bola de seu cetro, vendeu-as e gastou o dinheiro. Vida dissoluta, é claro. Mas afinal ele chegou ao fim de seus recursos. Não podia vender a própria coroa porque ninguém, a não ser o rei, tinha o direito de usá-la. E também não podia vender o palácio real, porque apenas o rei tinha o direito de viver lá.

Assim, finalmente, ele viu suas posses reduzidas a um palácio vazio, com apenas uma grande cama de mogno onde dormia, um banquinho no qual sentava para tirar os sapatos e o manto de arminho comido pelas traças.

Depois disso ele foi algumas vezes obrigado a pedir emprestado uns trocados a seu conselheiro-chefe para comprar sanduíche de presunto. E o conselheiro-chefe não tinha muito dinheiro. Alguém que aconselha um rei tão tolo provavelmente arruína também as próprias perspectivas de êxito.

Então o rei, não tendo mais nada com que viver, morreu inesperadamente e deixou um filho de dez anos como herdeiro do reino desmantelado, do manto comido pelas traças e da coroa sem pedras.

Ninguém invejava a criança, já pouco considerada antes de se tornar rei. Mas, quando isso se deu, o menino foi reconhecido personagem de alguma importância, e os políticos e parasitas da corte, liderados pelo conselheiro-chefe do reino, fizeram uma reunião para determinar o que se poderia fazer pelo menino.

Essas pessoas haviam ajudado o antigo rei a viver extravagantemente enquanto ainda lhe restava dinheiro, e agora se viam pobres e orgulhosas demais para trabalhar. Assim, tentaram pensar em um plano que trouxesse mais dinheiro para o tesouro do reizinho, e que estivesse ao alcance deles para o que precisassem.

Quando terminou a reunião, o conselheiro-chefe foi até o jovem rei, que estava no pátio brincando com um pião, e disse:

— Vossa Majestade, estivemos pensando em um meio de devolver ao seu reino a antiga força e magnificência.

— Está certo — retrucou Sua Majestade, desatentamente. — Como você vai fazer isso?

— Casando o senhor com uma dama de grande riqueza — respondeu o conselheiro.

— Casando-me! — gemeu o rei. — Por quê? Eu só tenho dez anos de idade!

— Eu sei; isso é lastimável. Mas Vossa Majestade vai crescer, e os negócios do reino exigem que se case com uma mulher.

— Não posso me casar com uma mãe, em vez disso? — perguntou o pobre reizinho, que perdera a mãe ainda bebê.

— Certamente, não — declarou o conselheiro. — Casar-se com uma mãe seria ilegal; casar-se com uma que não sua mãe é correto e apropriado.

— Você não poderia se casar com ela em meu lugar? — indagou Sua Majestade, apontando o pião para o bico do sapato do conselheiro-chefe, e rindo ao ver como ele saltava para escapar do brinquedo.

— Deixe-me explicar — disse o outro. — Vossa Majestade não tem um só centavo, mas tem um reino. Há muitas mulheres ricas que ficariam satisfeitas em trocar suas posses por uma coroa de rainha, mesmo que o rei não passe de uma criança. Sendo assim nós decidimos anunciar que, quem oferecer a maior quantia, se tornará a rainha de Quok.

— Se devo me casar, afinal — disse o rei, depois de pensar por um momento —, prefiro me casar com Nyana, a filha do armeiro.

— Ela é muito pobre — retrucou o conselheiro.

— Mas seus dentes são pérolas; seus olhos, ametistas; e seu cabelo é ouro — declarou o reizinho.

— É verdade, Vossa Majestade. Mas considere que precisaremos usar a riqueza de sua esposa. Como ficaria Nyana depois que o senhor arrancasse seus dentes de pérolas, tirasse seus olhos de ametista e cortasse seu cabelo de ouro?

O garoto estremeceu.

— Faça as coisas do seu modo — disse, desesperançado. — Cuide apenas que a mulher seja o mais bonita possível e uma boa companheira de brincadeiras.

— Faremos o melhor possível — retrucou o conselheiro-chefe, e foi embora para anunciar nos reinos vizinhos que se estava buscando uma esposa para o rei menino de Quok.

Apareceram tantas candidatas ao privilégio de desposar o reizinho que se decidiu levá-lo a leilão, de maneira que se conseguisse para o reino a maior soma possível de dinheiro. E então, no dia marcado, reuniram-se no palácio damas vindas de todos os reinos vizinhos — de Bilkon, Mulgravia,

Junkum e até de lugares tão distantes quanto a República de Macvelt.

O conselheiro-chefe chegou ao palácio de manhã cedo, lavou o rosto do rei e penteou-lhe os cabelos; depois encheu a parte interior da coroa com jornais velhos de modo que a fizesse pequena o suficiente para se encaixar na cabeça de Sua Majestade. O aspecto da coroa era miserável, repleta de saliências grandes e pequenas, pontos nos quais antes estavam incrustadas as pedras preciosas; também fora desprezada, jogada de um lado para outro até ficar bastante amassada e cheia de manchas escuras. Ainda assim, dizia o conselheiro, era a coroa do rei, e seria muito apropriado que ele a usasse na ocasião solene do leilão.

Conforme fazem todos os garotos, sejam reis, sejam mendigos, Sua Majestade tinha rasgado e sujado seu único traje, que ficara bem pouco apresentável; e não havia dinheiro para comprar um novo. Por conseguinte, o conselheiro enrolou o velho manto de arminho em torno do rei e o fez sentar-se no banco no meio da sala de audiências, que em circunstâncias normais estaria vazia.

Em volta do rei estavam todos os membros da corte, políticos e parasitas do reino — aquelas pessoas que são ou muito orgulhosas ou muito preguiçosas para viverem do trabalho. Havia um grande número dessas pessoas, você pode estar certo, e faziam uma pose imponente.

As portas da sala de audiências abriram-se de supetão, e entraram em bando as damas ricas que aspiravam a ser rainhas de Quok. O rei olhou-as com muita ansiedade e concluiu que todas eram velhas o bastante para aparentarem ser suas avós, e feias o bastante para fazerem que os corvos fugissem do milharal real. Depois disso perdeu o interesse nelas.

Mas as damas ricas nem sequer olhavam para o pobre reizinho encolhido em seu banco. Elas tinham se reunido em torno do conselheiro-chefe, que atuava como leiloeiro.

— Quem oferece o maior lance para a coroa de Quok? — perguntou o conselheiro, em voz alta.

— Onde está a coroa? — indagou uma senhora agitada,

que havia acabado de enterrar seu nono marido e era dona de muitos milhões.

— No momento não há nenhuma coroa — explicou o conselheiro-chefe —, mas quem oferecer o maior lance terá o direito de usar uma, e então poderá comprá-la.

— Ah — disse a agitada senhora —, compreendo. — E acrescentou: — Ofereço catorze dólares.

— Catorze mil dólares! — gritou uma mulher de cara azeda, alta, magra e com rugas por toda a pele, "como uma maçã congelada", pensou o rei.

Os lances passaram a ser rápidos e furiosos, e os paupérrimos cortesãos se animavam mais e mais à medida que a quantia entrava na casa dos milhões.

— Ele vai nos trazer uma boa fortuna no fim das contas — sussurrou um deles para seu colega —, e então teremos o prazer de ajudá-lo a gastar tudo.

O rei começou a ficar inquieto. Todas as mulheres que pareciam ao menos bondosas ou divertidas haviam parado com os lances por falta de dinheiro, e a senhora magra e enrugada parecia determinada a conseguir a coroa, a qualquer preço, e com ela o jovem marido. No final, essa velha criatura estava tão agitada que sua peruca saiu completamente do lugar e seus dentes falsos escorregaram para fora — coisa que horrorizou por demais o pequeno rei —; mas ela não desistia.

Por fim, o conselheiro-chefe terminou o leilão com o seguinte grito:

— Vendido para Mary Ann Brodjinsky de la Porkus por três milhões, novecentos mil, seiscentos e vinte e quatro dólares e dezesseis centavos!

E a velha de cara azeda pagou em dinheiro e à vista, o que prova que este é um conto de fadas.

O rei estava tão perturbado com a ideia de ter de se casar com aquela criatura repulsiva, que começou a gemer e chorar; a mulher aplicou-lhe alguns sonoros tapas nas orelhas. Mas o conselheiro a reprovou por punir em público seu futuro marido, dizendo:

— Você ainda não está casada. Espere até amanhã, depois

de realizado o casamento. Então poderá maltratá-lo tanto quanto quiser. Mas no momento preferimos que as pessoas pensem que é um casamento por amor.

O pobre rei quase não dormiu naquela noite, tão tomado estava de terror por sua futura esposa. E também não conseguia tirar da cabeça a ideia de que preferiria se casar com a filha do armeiro, que tinha mais ou menos a sua idade. Ele revirou e se agitou na cama, dura e desconfortável, até que a luz da lua entrou pela janela e se espalhou como um grande lençol branco sobre o chão vazio. Finalmente, quando pela centésima vez se virou na cama, deu com a mão em uma mola secreta na cabeceira alta da cama de mogno; um brusco clique e um compartimento repentinamente se abriu.

O barulho fez o rei olhar para cima. Vendo o compartimento aberto, ergueu-se na ponta dos pés e tirou do seu interior uns papéis dobrados. Havia várias folhas presas entre si, como um livro, e sobre a primeira página estava escrito:

> Quando o rei tem problemas
> Esta folha ele deve dobrar
> Nas chamas jogar
> Para conseguir o que desejar.

Não era um poema muito bom, mas o rei foi tomado pela alegria quando o declamou à luz da lua.

— Que eu tenho problemas, disso não há dúvida! — exclamou ele. — Então vou queimar o papel de uma vez e ver o que acontece.

O reizinho arrancou a folha e guardou o resto do livro no compartimento secreto. Dobrou o papel em dois, colocou-o sobre seu banco, acendeu um fósforo e ateou-lhe fogo.

Deu-se uma fumaceira terrível para um papel tão pequeno. O rei sentou-se na beira da cama e observou impacientemente.

Quando a fumaça se dissipou ele ficou surpreso ao ver sobre o banco um homenzinho gordo que, com braços dobrados e pernas cruzadas, estava sentado calmamente olhando o rei e fumando um cachimbo preto de urze.

— Bem, aqui estou eu — disse ele.

— Isso estou vendo — retrucou o reizinho. — Mas como chegou aqui?

— Você não queimou o papel? — perguntou o homem gordo, em vez de responder.

— Sim, queimei — reconheceu o rei.

— Então você tem problemas, e vim para ajudá-lo. Eu sou o Escravo da Cama Real.

— Oh! — exclamou o rei. — Eu não sabia que havia isso.

— Seu pai tampouco o sabia, ou não teria sido tolo o bastante para vender tudo o que tinha para conseguir dinheiro. E diga-se de passagem que você tem sorte por ele não ter vendido essa cama. E agora, o que deseja?

— Não tenho certeza do que quero — retrucou o rei —, mas sei o que não quero: a velha que vai se casar comigo.

— Isso é bem fácil — disse o Escravo da Cama Real. — Tudo o que tem de fazer é devolver o dinheiro que ela pagou ao conselheiro-chefe e declarar desfeito o casamento. Não tenha medo. Você é o rei, e sua palavra é lei.

— Sem dúvida — disse o rei. — Mas estou precisando de muito dinheiro. Como vou viver se o conselheiro-chefe devolver a Mary Ann Brodjinski seus milhões?

— Ah! Mas isso é muito fácil — respondeu outra vez o homem e, colocando a mão no bolso, tirou de lá uma antiquada carteira de couro e atirou-a para o rei. — Mantenha isso com você — disse —, e será sempre rico, pois poderá tirar da carteira quantas moedas de vinte e cinco centavos quiser, uma de cada vez. Não importa quantas vezes tire uma moeda da carteira, uma outra aparecerá no lugar dela instantaneamente.

— Obrigado — agradeceu o rei. — Você me prestou um imenso favor, pois agora terei dinheiro para todas as minhas necessidades, e não serei obrigado a me casar com ninguém. Obrigado, mil vezes obrigado!

— Não precisa agradecer — respondeu o outro, dando uma baforada lenta no cachimbo e observando a fumaça ondular na luz da lua. — Esse tipo de coisa é simples para mim. Isso é tudo que deseja?

— É tudo em que consigo pensar agora — retrucou o rei.

— Sendo assim, por favor, feche aquele compartimento secreto na cama — disse o homem. — As outras folhas do livro poderão ser úteis para você algum dia.

O garoto subiu na cama, como fizera antes, e estendendo a mão alcançou o compartimento e fechou-o, de maneira que ninguém mais pudesse descobri-lo. Depois se voltou para o visitante, mas o Escravo da Cama Real havia desaparecido.

— Eu já imaginava isso — disse Sua Majestade —, mas mesmo assim é uma pena que ele não tenha esperado para se despedir.

Com o coração mais leve, sentindo um grande alívio, o rei menino guardou a carteira de couro embaixo do travesseiro e, deitando-se de novo na cama, dormiu profundamente até de manhã.

Quando o sol nasceu, levantou-se também, renovado e bem-disposto, e a primeira coisa que fez foi mandar chamar o conselheiro-chefe.

Esse poderoso personagem chegou com uma cara sombria e infeliz, mas o garoto estava muito tomado pela própria felicidade para perceber. E falou:

— Decidi não me casar com ninguém, pois acabei de tomar posse de uma fortuna. Sendo assim, ordeno que devolva àquela senhora o dinheiro que ela pagou pelo direito de usar a coroa da rainha de Quok. E faça uma declaração pública de que o casamento não se realizará mais.

Ouvindo isso o conselheiro começou a tremer, pois via que o jovem rei havia se decidido a reinar seriamente; e ele parecia tão culpado que o reizinho perguntou:

— Bem, qual é o problema agora?

— Senhor — retrucou o infeliz, com a voz trêmula —, não posso devolver o dinheiro para a mulher porque eu o perdi!

— Perdeu! — gritou o rei, entre atônito e furioso.

— Isso mesmo, Vossa Majestade. Ontem à noite no caminho de casa, depois do leilão, parei na mercearia para comprar umas pastilhas para a minha garganta, que estava seca e rouca com o tanto que gritei; e Vossa Majestade há de admitir que foi o meu esforço que levou a mulher a pagar um preço tão alto. Bem, quando entrei na mercearia eu descuidadamente deixei o pacote de dinheiro no assento da carruagem, e quando voltei não estava mais lá. E não se viu o ladrão em nenhuma parte.

— Chamou a polícia? — perguntou o rei.

— Sim, chamei; mas eles estavam todos no quarteirão vizinho, e ainda que tenham prometido procurar o assaltante eu não acredito que consigam encontrá-lo um dia.

O rei suspirou.

— O que faremos agora? — indagou.

— Temo que o senhor precise se casar com Mary Ann Brodjinski — respondeu o conselheiro-chefe —, a menos, é claro, que ordene ao carrasco cortar o pescoço dela.

— Isso seria errado — declarou o rei. — Não é necessário ferir a mulher. E é justo que devolvamos seu dinheiro, pois não vou me casar com ela de jeito nenhum.

— A fortuna pessoal que o senhor mencionou é grande o suficiente para reembolsá-la? — perguntou o conselheiro.

— Sem dúvida — disse o rei, pensativo —, mas consegui-lo vai tomar algum tempo, e essa tarefa será sua. Chame a mulher aqui.

O conselheiro saiu em busca de Mary Ann que, quando soube que não se tornaria rainha e receberia o dinheiro de volta, foi dominada por um sentimento violento e estapeou as orelhas do conselheiro tão terrivelmente que ele ficou surdo por quase uma hora. Mas ela o seguiu até a sala de audiências do rei, onde exigiu seu dinheiro em altos brados, reivindicando também os juros sobre ele pela noite passada.

— O conselheiro perdeu o seu dinheiro — disse o rei menino —, mas pagará a você cada centavo com o dinheiro da minha própria carteira. Temo, entretanto, que você seja obrigada a receber a soma em dinheiro miúdo.

— Isso não é problema — disse ela, fazendo uma cara feia para o conselheiro, como se ansiasse por alcançar suas orelhas novamente. — Não me importa quão miúdo seja o dinheiro, desde que eu receba de volta cada centavo que me pertence, e os juros. Onde está o dinheiro?

— Aqui — respondeu o rei, entregando ao conselheiro a carteira de couro. — Está todo em moedas de prata de vinte e cinco centavos, e elas devem ser tiradas da carteira uma de cada vez; mas serão suficientes para pagar o que você pede e ainda sobrará.

Então, como não havia cadeiras, o conselheiro sentou no chão, num canto, e começou a tirar da carteira as moedas de vinte e cinco centavos contando-as uma a uma. A velha, sentada no chão diante dele, pegava cada moeda de sua mão.

Era uma larga soma: três milhões, novecentos mil, seiscentos e vinte e quatro dólares e dezesseis centavos. E se leva quatro vezes mais tempo para alcançá-la com moedas de vinte e cinco centavos do que se levaria com notas de um dólar.

O rei os deixou sentados lá e foi para a escola. Dali em diante vinha às vezes até o conselheiro e o interrompia pelo tempo suficiente para sacar da carteira o dinheiro de que necessitava para reinar de forma apropriada e digna. Essas interrupções atrapalhavam um pouco a contagem, mas isso não importava muito, uma vez que aquele era, de qualquer forma, um trabalho demorado.

O rei alcançou a maioridade e se casou com a linda filha do armeiro. Hoje eles têm dois filhos adoráveis. De vez em quando, vão todos até a grande sala de audiências do palácio e deixam que os pequenos observem o velho e grisalho conselheiro contar as moedas de vinte e cinco centavos e entregá-las para uma velha ressequida que observa cada movimento do homem para se assegurar de que ele não vá passá-la para trás.

É uma soma alta: três milhões, novecentos mil, seiscentos e vinte e quatro dólares e dezesseis centavos, em moedas de vinte e cinco centavos.

Mas essa foi a forma como o conselheiro foi punido por ter sido tão descuidado com o dinheiro da mulher. E como Mary Ann Brodjinsky de la Porkus foi também punida por desejar se casar com um rei de dez anos de idade para conseguir a coroa de rainha de Quok.

A garota que ganhou um urso

Mamãe havia ido ao Centro fazer compras. Ela pedira à Nora que cuidasse de Jane Gladys, e Nora prometera que o faria. Mas essa tarde era o dia de polir a prataria, e assim ela ficou na copa e deixou Jane Gladys divertindo-se sozinha na grande sala de estar do andar superior.

A menininha não se importou em ficar sozinha, pois estava trabalhando em sua primeira peça de bordado — uma almofada de sofá que daria a seu pai como presente de aniversário. Então ela foi até a janela da sacada e se enrodilhou sobre o largo parapeito, a cabeça de cabelos castanhos pendia curvada sobre o bordado.

Logo a porta da sala se abriu e fechou sem ruído. Jane Gladys pensou que era Nora, e assim só levantou os olhos depois de dar mais alguns pontos em um miosótis. Enfim levantou o olhar e ficou perplexa ao ver um homem estranho no meio da sala olhando-a de modo grave.

Ele era baixo e gordo e parecia cansado de subir a escada, pois respirava pesadamente. Segurava em uma das mãos um chapéu de seda puído e sob o outro braço levava um livro de bom tamanho. Usava um terno preto de aparência velha e até surrada, e era calvo no topo da cabeça.

— Desculpe-me — disse ele, enquanto a criança o olhava surpresa. — Seu nome é Jane Gladys Brown?

— Sim, senhor — respondeu ela.

— Muito bom; muito bom mesmo! — ele observou, com um sorriso singular. — Tive de realizar uma verdadeira caçada para encontrar a senhorita, mas afinal consegui.

— Como entrou? — indagou Jane Gladys, com crescente desconfiança de seu visitante.

— Isso é segredo — disse ele, misteriosamente. Aquilo foi o suficiente para deixar a garota na defensiva. Ambos se olharam, estavam sérios e um tanto ansiosos.

— O que o senhor quer? — perguntou ela, endireitando o corpo com dignidade.

— Ah! Agora chegamos ao ponto — disse animadamente o homem. — Vou ser muito franco com a senhorita. Para começar, o seu pai me destratou, de forma muito grosseira.

Jane Gladys desceu do peitoril da janela e apontou o dedinho para a porta.

— Saia daqui "mediatamente" — gritou, a voz tremia de indignação. — Meu papai é o melhor homem do mundo. Ele é incapaz de "detratar" alguém!

— Deixe-me explicar, por favor — disse o visitante, sem prestar a mínima atenção à ordem de ir embora. — Está bem, seu pai pode ser muito gentil com a senhorita, porque é a garotinha dele. Mas, quando está no centro da cidade, no escritório, ele tende a ser bem mais severo, especialmente com vendedores de livros. Ora, eu o procurei outro dia e lhe ofereci as *Obras completas* de Peter Smith, e o que acha que ele fez?

Ela não disse nada.

— Ora — continuou o homem, cada vez mais agitado —, ele me pôs porta afora de seu escritório e fez o porteiro me expulsar do prédio! O que acha desse tratamento vindo do "melhor papai do mundo", hein?

— Acho que ele estava certo — disse Jane Gladys.

— Ah, acha? Bem — disse o homem —, eu resolvi me vingar desse insulto. Mas, como o seu pai é grande e forte, e um homem perigoso, decidi me vingar em sua filhinha.

Jane Gladys estremeceu.

— O que vai fazer? — perguntou ela.

— Vou presenteá-la com este livro — respondeu, tirando o livro de sob o braço. Então sentou na ponta de uma cadeira, colocou o chapéu no tapete e tirou do bolso do casaco uma caneta-tinteiro.

— Vou escrever o seu nome no livro — disse ele. — Como se soletra "Gladys"?

— G-l-a-d-y-s — soletrou ela.

— Obrigado. Agora esta — continuou ele, erguendo-se e entregando-lhe o livro com uma reverência — será a minha vingança pelo comportamento de seu pai comigo. Talvez ele se arrependa de não ter comprado as *Obras completas* de Peter Smith. Adeus, minha querida.

O homem dirigiu-se para a porta, fez outra reverência e deixou o aposento. Jane Gladys viu que ele ria consigo mesmo como se estivesse se divertindo muito.

Quando a porta se fechou atrás do estranho homenzinho, a menina sentou-se na janela novamente e deu uma olhada no livro. Ele tinha uma capa amarela e vermelha com a palavra "Quinquilharias" em letras grandes tomando toda a sua largura.

Então ela o abriu, curiosa, e viu seu nome escrito em letras pretas na primeira página em branco.

— Que homenzinho engraçado — disse para si mesma, pensativa.

Virando a página viu o grande desenho de um palhaço, com uma roupa verde, vermelha e amarela, o rosto muito branco e manchas vermelhas triangulares em cada bochecha e sobre os olhos. Enquanto ela olhava a figura, o livro tremeu em suas mãos, a folha rangeu e estalou, e de repente o palhaço saltou de dentro do livro e ficou de pé ao lado da menina, tornando-se imediatamente tão grande quanto qualquer palhaço real.

Depois de espreguiçar braços e pernas e bocejar de uma forma muito pouco educada, ele deu um risinho bobo e disse:

— Assim está melhor! Não sabe quão incômodo é ficar tanto tempo achatado numa folha de papel.

Talvez você possa imaginar como Jane Gladys estava espantada e o modo com que olhava para o palhaço que acabara de saltar do livro.

— Não esperava por uma coisa assim, não é? — ele perguntou, olhando-a de soslaio no estilo dos palhaços. E então ele se virou para dar uma espiada no aposento, e Jane Gladys riu, apesar de seu espanto.

— Qual é a graça? — perguntou o palhaço.

— Ora essa, a sua parte de trás é toda branca! — exclamou a garota. — Você só é palhaço na parte da frente.

— É bem provável — retrucou ele, num tom aborrecido. — O artista me desenhou em vista frontal. Não tinha como desenhar a parte de trás, pois ela ficava contra a página do livro.

— Mas isso faz você ficar muito engraçado! — disse Jane Gladys, rindo até seus olhos se encherem de lágrimas.

O palhaço ficou emburrado e sentou em uma cadeira para que ela não pudesse ver suas costas.

— Eu não sou a única coisa no livro — disse ele, mal-humorado.

Isso fez que ela se lembrasse de virar outra página. Mal tinha notado que nela havia o desenho de um macaco, o animal já tinha saltado do livro deixando amassado todo o papel; em seguida ele aterrissou no assento da janela ao lado de Jane Gladys:

— He-he-he-he-he-he! — tagarelou a criatura, pulando para os ombros da garota e depois para a mesa de centro. — Isso é muito divertido! Agora posso ser um macaco de verdade, e não uma reprodução.

— Macacos de verdade não falam — disse Jane Gladys de modo reprovador.

— Como você sabe? Já foi macaco alguma vez na vida? — indagou o animal; e então riu alto, e o palhaço riu também, como se a observação o divertisse.

A essa altura a garota estava bastante desnorteada.

Sem refletir, virou outra página. Antes que tivesse tempo de olhar direito, um burro cinza pulou do livro e com grande estardalhaço deu um passo em falso no assento da janela e caiu no chão.

— O que eu sei muito bem é que esse burro é desajeitado demais! — disse a garota, indignada, porque o animal quase a havia feito cair também.

— Desajeitado! E por que não? — interpelou o burro com voz brava. — Se aquele artista idiota a tivesse desenhado fora de perspectiva, como fez comigo, acho que você também seria desajeitada.

— O que está errado com você? — perguntou Jane Gladys.

— Minhas pernas do lado esquerdo, da frente e de trás, são quase vinte centímetros mais curtas que as do lado direito; esse é o problema. Se aquele artista não sabia desenhar direito, por que tentou desenhar um burro, afinal?

— Não sei — retrucou a criança, vendo que ele esperava uma resposta.

— Mal posso ficar em pé — resmungou o burro —, e qualquer coisinha me faz cair.

— Não ligue para isso — disse o macaco, dando um salto para o lustre e balançando-se nele pela cauda até Jane Gladys temer que todos os globos caíssem.

— Esse mesmo artista fez as minhas orelhas enormes como as daquele palhaço, e todos sabem que as orelhas dos macacos não são dignas de nota, muito menos de desenho.

— Ele devia ser processado — comentou o palhaço, melancólico. — Eu não tenho costas.

Jane Gladys olhou de um para outro com uma expressão confusa em seu doce rosto e virou mais uma página do livro.

Rápido como um relâmpago, um leopardo castanho-amarelado saltou sobre seu ombro, pousou no espaldar de uma grande poltrona de couro e se voltou para os outros com um movimento ameaçador.

O macaco trepou no alto do lustre e tagarelou apavorado. O burro tentou correr e logo tombou sobre seu lado esquerdo. O palhaço ficou mais pálido que nunca, mas permaneceu sentado na cadeira e soltou um assobiozinho de surpresa.

O leopardo se agachou no espaldar da poltrona, sacudiu a cauda de um lado para o outro e olhou ferozmente para todos, um de cada vez, incluindo Jane Gladys.

— Qual de nós você vai atacar primeiro? — perguntou o burro fazendo um grande esforço para ficar de pé novamente.

— Não posso atacar nenhum de vocês — rosnou o leopardo. — O artista fez minha boca fechada e assim não tenho nenhum dente; ele se esqueceu também de fazer minhas garras. Mas apesar disso sou uma criatura de aparência assustadora, não sou?

— Ah, é sim — disse o palhaço, indiferente. — Acho que você é suficientemente ameaçador na aparência. Mas se não tem dentes nem garras não nos importamos em absoluto com a sua aparência.

O leopardo ficou tão irritado ao ouvir isso que rosnou de uma maneira horrível, e o macaco zombou dele.

Foi nessa hora que o livro escorregou do colo da garota. Mal fizera um movimento para pegá-lo, uma das páginas finais se abriu por completo. Jane Gladys viu de relance um feroz urso pardo olhando para ela de dentro da página, e imediatamente jogou o livro bem longe. Ele caiu com um estrondo no meio do quarto, mas ao seu lado ergueu-se o grande urso pardo, que se descolara da folha antes que o livro se fechasse.

— Agora — gritou de seu poleiro o leopardo —, é melhor tomarem cuidado! Não poderão rir dele como riram de mim. O urso tem dentes e garras.

— Sim, eu tenho — confirmou o urso com um rosnado baixo e profundo. — E também sei usá-los. Se lerem aquele livro, descobrirão que sou retratado como um urso pardo cruel, terrível e sem remorsos, cuja única ocupação na vida é devorar garotinhas... com sapatos, roupas, fitas e tudo o mais. E então, diz o autor, eu estalo os beiços e fico muito feliz com a minha maldade.

— Isso é horrível! — disse o burro, sentando-se sobre as ancas e balançando a cabeça tristemente. — O que acha que influenciou o autor a fazer você tão faminto por garotas? Você come animais também?

— O autor não menciona outra coisa que eu coma a não ser garotinhas — retrucou o urso.

— Muito bem — disse o palhaço, soltando um longo suspiro de alívio. — Você pode começar a comer Jane Gladys assim que tiver vontade. Ela riu porque eu não tinha costas.

— E ela riu porque as minhas pernas estão fora de perspectiva — zurrou o burro.

— Mas você também merece ser comido — berrou o leopardo lá do espaldar da cadeira de couro —, pois riu e fez troça de mim porque não tenho dentes nem presas! Não acha, senhor Urso Pardo, que poderia comer um palhaço, um burro e um macaco depois da garota?

— Talvez sim, e de quebra um leopardo — rosnou o urso. — Isso vai depender da fome que eu estiver sentindo. Mas tenho de começar pela garotinha, pois o autor diz que eu gosto mais de garotas que de qualquer outra coisa.

Jane Gladys ficou muito assustada com essa conversa e começou a entender o que o homem queria dizer quanto a lhe dar o livro para se vingar. Com certeza seu pai se arrependeria de não haver comprado as *Obras completas* de Peter Smith quando chegasse em casa e encontrasse a sua garotinha devorada por um urso pardo — sapatos, roupas, fitas e tudo o mais!

O urso ergueu-se e se balançou nas patas traseiras.

— É assim que apareço no livro — disse. — Agora observem-me comer a garotinha.

Ele avançou devagar para Jane Gladys, e o macaco, o leopardo, o burro e o palhaço ficaram parados em torno, formando um círculo e observando o urso com muito interesse.

Mas, antes que o urso pardo alcançasse a garota, ela teve uma ideia súbita, e exclamou:

— Pare! Você não pode me comer. Isso seria errado.

— Por quê? — perguntou o urso, surpreso.

— Porque você é meu. É minha propriedade particular — respondeu ela.

— Não sei de onde tirou isso — disse o urso, num tom de voz decepcionado.

— Bem, ganhei o livro; meu nome está na primeira página. E você pertence, de direito, ao livro. Então não pode se atrever a comer a sua dona!

O urso pardo hesitou.

— Algum de vocês sabe ler? — perguntou.

— Eu sei — disse o palhaço.

— Então veja se ela fala a verdade. O nome dela está mesmo no livro?

O palhaço pegou o livro e olhou para o nome escrito.

— Está — disse ele. — Jane Gladys Brown; e escrito muito claramente, em letras grandes.

O urso suspirou.

— Sendo assim, é claro que não posso comê-la — decidiu ele. — Esse autor é tão frustrante quanto quase todos.

— Mas não é tão ruim quanto o artista — disse o burro, que ainda estava tentando colocar-se de pé.

— O erro está em vocês mesmos — disse Jane Gladys, severa. — Por que não ficaram no livro onde foram colocados?

Os animais se entreolharam de uma forma tola, e o palhaço corou sob sua cor branca.

— De fato... — começou o urso, e então parou bruscamente.

A campainha da porta soou alto.

— É a mamãe! — gritou Jane Gladys, levantando-se de um salto. — Finalmente ela voltou para casa. Agora, criaturas estúpidas...

Mas ela foi interrompida pela corrida dos animais para o livro. Houve um zunido, um estalo, um farfalhar de folhas de papel, e no momento seguinte o livro estava no chão, parecendo-se com qualquer outro livro. Os companheiros de Jane Gladys haviam todos desaparecido.

* * *

Esta história deveria nos ensinar a pensar rápido e claramente em todas as circunstâncias, pois, se Jane Gladys não tivesse se lembrado de que era dona do urso, ele, provavelmente, a teria comido antes que a campainha soasse.

As letras encantadas

Uma vez um duende se cansou de sua vida maravilhosa e desejou ter algo novo para fazer. Os duendes têm mais poderes assombrosos que qualquer outra criatura imortal — com exceção, talvez, das fadas e dos elfos. Por isso é de supor que a um duende, que a um simples desejo consegue qualquer coisa que queira, não caberia outra coisa senão ser feliz e sentir-se satisfeito. Mas esse não era o caso de Popopo, o duende de quem estamos falando. Ele vivera milhares de anos e desfrutara todas as maravilhas que pôde pensar. Ainda assim a vida agora se havia tornado tão tediosa para ele como pode ser para as pessoas incapazes de satisfazer um simples desejo.

Finalmente, por um acaso, Popopo se lembrou dos seres terrenos que moram nas cidades. Resolveu visitá-los e ver como eles viviam. Isso com certeza seria um excelente entretenimento, e serviria para livrá-lo de muitas horas aborrecidas.

E assim, um dia, depois de um café da manhã tão requintado que você nem pode imaginar, Popopo partiu para a Terra e na mesma hora estava no meio de uma grande cidade.

O lugar onde morava era tão calmo e pacífico que o enorme barulho da cidade o assustou. Os nervos ficaram tão abalados que ele decidiu desistir da aventura, antes mesmo que pudesse olhar ao redor por três minutos, e retornou imediatamente para casa.

Isso satisfez por algum tempo o seu desejo de visitar as cidades terrenas, mas logo a monotonia de sua existência o deixou inquieto novamente, e despertou nele outra ideia. De noite as pessoas dormem e as cidades devem ficar mais calmas. Ele deveria, então, visitá-las à noite.

Assim, na hora certa e em uma fração de segundo Popopo se transportou para uma cidade grande, onde começou a vagar pelas ruas. Todo o mundo estava na cama. Nenhum veículo chacoalhava pelo calçamento; nenhuma aglomeração de homens ocupados gritava, ninguém se cumprimentava. Até mesmo os policiais cochilavam às escondidas, e sucedeu de não haver ladrões rondando as ruas.

Com os nervos acalmados pela quietude, Popopo começou a se divertir. Entrou em várias casas e examinou os quartos com muita curiosidade. Fechaduras e ferrolhos não fazem diferença para um duende, e ele enxergava tão bem na escuridão quanto na luz do dia.

Depois de algum tempo começou a perambular pela zona comercial da cidade. Lojas são coisas desconhecidas entre os imortais, que não necessitam de dinheiro ou de barganhas e trocas; portanto, Popopo estava muito curioso com aquela cena nova, com tantas coleções de bens e mercadorias.

Vagando por ali ele entrou em uma chapelaria e se surpreendeu ao ver em uma grande vitrine uma porção de chapéus femininos, cada um deles com um pássaro empalhado numa posição ou noutra. Na realidade, alguns dos chapéus mais elaborados tinham dois ou três pássaros.

Ocorre que os duendes são os guardiões particulares dos pássaros e os amam ternamente. Ver tantos de seus amiguinhos encerrados em uma redoma de vidro irritou e entristeceu Popopo, que não fazia a menor ideia de que era o chapeleiro que, de caso pensado, os tinha posto aí sobre os chapéus. Então ele abriu uma das portas de correr da vitrine, soltou aquele assobiozinho trinante dos duendes que todos os pássaros conhecem bem, e chamou:

— Venham, amigos, a porta está aberta; voem para fora!

Popopo não sabia que os pássaros eram empalhados; mas, empalhado ou não, todo pássaro é obrigado a obedecer ao assobio de um duende e ao seu chamado. Assim, eles deixaram os chapéus, voaram para fora da vitrine e começaram a esvoaçar pelo compartimento.

— Pobrezinhos! — disse o terno duende. — Vocês anseiam voltar para os campos e as florestas.

Então abriu a porta da loja e exclamou:

— Fora daqui! Voem para longe, meus lindos, e sejam felizes novamente.

Os pássaros atônitos obedeceram imediatamente, e quando já estavam voando alto no ar da noite o duende fechou a porta e continuou sua perambulação pelas ruas.

Já de madrugada ele viu várias coisas interessantes, mas não tinha ainda terminado de percorrer a cidade quando o dia raiou, e assim resolveu voltar na noite seguinte algumas horas mais cedo.

E assim foi. Na noite seguinte voltou à cidade logo que escureceu. Ao passar diante da loja de chapéus percebeu uma luz acesa lá dentro. Entrou e encontrou lá duas mulheres, uma delas com a cabeça inclinada sobre a mesa soluçando amargamente, enquanto a outra se esforçava para consolá-la.

É claro que Popopo era invisível aos olhos mortais, e assim ele ficou por ali e escutou a conversa.

— Anime-se, irmã — disse uma delas. — Mesmo que os seus lindos pássaros tenham sido todos roubados, os chapéus continuam aqui.

— Ai de mim! — soluçou a outra, que era a chapeleira. — Ninguém vai comprar meus chapéus com os adornos pela metade, pois é moda adorná-los com pássaros. E se eu não conseguir vender a minha mercadoria vou ficar completamente arruinada. — E recomeçou a chorar.

O duende saiu de mansinho. Sentia-se um pouco envergonhado; tinha percebido que, com seu amor pelos pássaros, havia involuntariamente prejudicado uma mortal e a fizera infeliz.

Esse pensamento o fez voltar à loja de chapéus tarde da noite quando as duas mulheres já haviam ido para casa. Queria recolocar, de alguma maneira, os enfeites sobre os chapéus para que a pobre mulher pudesse voltar a ser feliz. Procurou até achar um porão vizinho cheio de ratinhos de cor cinza que viviam ali, livres de qualquer perturbação. Ganhavam a vida fazendo buracos que os levavam às casas vizinhas, onde roubavam comida das despensas.

"Aqui estão as criaturas certas", pensou Popopo, "para

adornar os chapéus femininos". Seu pelo é quase tão suave quanto a plumagem dos pássaros e me parece que os ratos são de uma beleza e graça incomuns. Além disso, eles agora passam a vida roubando. Ficarem obrigados a permanecer sempre nos chapéus femininos vai melhorar muito o seu procedimento.

Ele lançou um feitiço que tirou do porão todos os ratos e os colocou sobre os chapéus na vitrine. Ocupavam os lugares onde antes estavam os pássaros e ficaram muito bem neles — pelo menos na forma de ver do duende, que não era deste mundo. Para impedir que eles corressem para lá e para cá e saíssem dos chapéus, Popopo os submeteu à imobilidade, e ficou tão feliz com seu trabalho que decidiu permanecer na loja para presenciar a satisfação da chapeleira quando ela visse o refinamento dos novos adornos dos chapéus.

Ela chegou de manhã cedinho, acompanhada pela irmã, e seu rosto tinha uma expressão triste e resignada. Depois de varrer a loja, tirar o pó e fazer correr as venezianas ela abriu a vitrine e pegou um chapéu.

Mas quando viu um pequenino rato cinza aninhado entre as fitas e laços ela soltou um grito agudo e, deixando cair o chapéu, subiu com um salto em cima da mesa. A irmã, sabendo que o grito fora de medo, pulou para cima de uma cadeira e exclamou:

— O que é isso? Oh! O que é isso?

— Um rato! — arfou a chapeleira, tremendo de terror.

Popopo, vendo essa comoção, percebeu que ratos eram especialmente desagradáveis aos seres humanos e que havia cometido um grave engano. Então deu um assobio baixo, de comando, que foi ouvido apenas pelos ratos.

De imediato todos os animais saltaram dos chapéus, saíram precipitadamente pela porta aberta da vitrine e fugiram para o seu porão. Mas essa cena assustou tanto a chapeleira e sua irmã que depois de dar vários gritos agudos elas caíram de costas no chão e desmaiaram.

Popopo era um duende de bom coração, mas, ao presenciar todo esse sofrimento causado por seu desconhecimento dos seres humanos, imediatamente desejou estar em casa, e assim deixou que as pobres mulheres se recuperassem o melhor que pudessem.

Todavia, ele não conseguia afastar um triste sentimento de responsabilidade, e, depois de pensar sobre o assunto, decidiu que, uma vez que havia causado a infelicidade da chapeleira soltando os pássaros, poderia sanar o problema devolvendo-os à vitrine. Ele amava os pássaros e não lhe agradava condená-los à escravidão novamente; mas aquele parecia ser o único modo de resolver a questão.

Saiu para encontrar os pássaros. Haviam voado para longe, mas Popopo podia alcançá-los sem dificuldade e em um segundo apenas, e os descobriu pousados nos galhos de uma grande castanheira cantando alegremente.

Quando viram o duende, os pássaros cantaram:

— Obrigado, Popopo. Obrigado por nos libertar.

— Não me agradeçam — replicou o duende —, pois vim aqui para mandá-los de volta à loja de chapéus.

— Por quê? — perguntou um gaio azul, colericamente, enquanto os outros paravam de cantar.

— Porque descobri que a mulher os considera sua propriedade, e perdê-los lhe causou muita infelicidade — respondeu Popopo.

— Mas lembre-se de como éramos infelizes na vitrine dela — disse irritado um tordo de peito vermelho. — E quanto a ser propriedade dela, você é um duende, o guardião natural de todos os pássaros, então sabe que a Natureza nos criou livres. Não há dúvida de que homens cruéis nos deram tiros, nos empalharam e nos venderam para a chapeleira, mas a ideia de que somos propriedade dela é absurda.

Popopo estava confuso.

— Se os deixo livres — disse ele —, homens cruéis vão atirar em vocês novamente, e a sua situação então não será melhor do que era antes.

— Ora! — exclamou o gaio azul. — Não podemos ser mortos agora, pois estamos empalhados. Na realidade, dois homens dispararam várias vezes contra nós nesta manhã, mas as balas apenas eriçaram nossas penas e se enterraram em nosso estofo. Não tememos mais os homens.

— Escutem! — disse Popopo, duramente, pois sentia que os pássaros estavam levando a melhor na discussão. — Os negócios da pobre chapeleira ficarão arruinados se eu não os levar de volta à loja. Parece que vocês são necessários para decorar os chapéus apropriadamente. É moda para as mulheres usar pássaros no chapéu. Por causa disso as mercadorias da pobre chapeleira não têm nenhum valor, mesmo que enfeitadas por laços e fitas, a menos que vocês estejam empoleirados nelas.

— Modas — disse um pássaro-preto, solenemente — são feitas pelos homens. Que lei há aqui, entre pássaros e duendes, que nos obrigue a ser escravos da moda?

— O que temos nós a ver com a moda, afinal de contas? — gritou um pintarroxo. — Se fosse moda usar duendes empoleirados sobre os chapéus femininos, você ficaria contente em ficar lá? Responda-me, Popopo!

Mas Popopo estava desesperado. Não podia fazer mal aos pássaros mandando-os de volta à chapeleira, nem queria que esta sofresse com a perda dos animais. E assim ele foi para casa pensar no que poderia fazer.

Depois de muito meditar, decidiu consultar o rei dos duendes. Foi imediatamente até Sua Majestade e contou-lhe toda a história.

O rei franziu as sobrancelhas.

— Isso deveria ensinar-lhe a asneira que é se intrometer na vida dos seres terrenos — disse ele. — Mas, uma vez que você causou todo esse problema, é seu dever remediá-lo. Nossos pássaros não devem ser aprisionados, isso é certo; portanto, você tem de mudar a moda e tornar deselegante o uso de pássaros nos chapéus.

— Como posso fazer isso? — perguntou Popopo.

— É muito fácil. A moda muda com muita frequência entre os seres terrenos, que se cansam rapidamente de qualquer coisa. Quando eles leem em seus jornais e revistas que o estilo é tal e tal, nunca procuram saber o porquê, acatam imediatamente o que a moda ordena. Então você deve visitar os jornais e as revistas e encantar as letras.

— Encantar as letras! — repetiu Popopo maravilhado.

— Apenas isso. Faça-as dizer que já não está na moda usar pássaros nos chapéus. Isso vai ajudar a sua pobre chapeleira e ao mesmo tempo libertará milhares de nossos queridos pássaros, que têm sido tão cruelmente tratados.

Popopo agradeceu ao sábio rei e seguiu o seu conselho.

Cada redação de jornal ou revista da cidade recebeu a visita do duende. Depois ele foi para outras cidades, até que não houvesse uma só publicação na Terra que não estampasse em suas páginas uma "nota sobre a nova moda". Algumas vezes Popopo encantava as letras para que as pessoas lessem apenas o que ele queria. Às vezes ele procurava os atarefados redatores e estonteava-lhes o cérebro até que eles escrevessem exatamente o que ele queria. Os mortais quase nunca percebem o quanto são influenciados por fadas, duendes e elfos, que com frequência introjetam nas cabeças humanas pensamentos que somente esses sábios serezinhos imortais podem conceber.

Na manhã seguinte, ao folhear o jornal, a pobre chapeleira ficou felicíssima ao ler que "agora nenhuma mulher pode usar um pássaro no chapéu e estar elegante, pois a última moda pede apenas laços e fitas".

Depois disso Popopo se alegrou muito por visitar cada chapelaria que conseguia encontrar e dar nova vida aos pássaros empalhados que, agora inúteis, haviam sido deixados de lado. E eles voaram para os campos e as florestas cantando em agradecimento ao bom duende que os resgatara.

Algumas vezes acontece de um caçador disparar contra um pássaro e se perguntar por que não consegue feri-lo. Mas, depois de ler esta história, você entenderá que esse pássaro deve ser um dos empalhados vindo de alguma chapelaria, e que não pode, é claro, ser morto por uma arma.

O HIPOPÓTAMO RISONHO

Em um dos braços superiores do Rio Congo, vivia uma antiga e aristocrática família de hipopótamos, que se gabava de ser de uma linhagem anterior à época de Noé, anterior até mesmo à existência do gênero humano; uma linhagem que datava dos confusos tempos em que o mundo era novo.

Eles sempre haviam vivido nos bancos de areia desse mesmo rio. Cada curva e movimento de suas águas, cada depressão e elevação de seu leito, cada rocha, toco de árvore e lamaçal sobre a sua margem, era-lhes tão familiar como a sua própria mãe. E ainda hoje eles vivem lá, eu suponho.

Não muito tempo atrás, a rainha dessa tribo de hipopótamos teve um filhote ao qual deu o nome de Keo, pois ele era muito gordo e roliço. Contudo, para que você não se confunda, vou esclarecer que na linguagem dos hipopótamos a tradução correta de "Keo" é "gordo e preguiçoso", e não gordo e roliço. Entretanto, ninguém chamou a atenção da rainha para esse erro, porque ela tinha as presas monstruosamente longas e afiadas e acreditava que Keo era o bebê mais doce do mundo.

Para um hipopótamo, ele era, de fato, fantástico. Rolava e brincava na lama macia da margem do rio e ia gingando para dentro da mata mordiscar as folhas da couve selvagem que lá crescia, era feliz e contente desde a manhã até a noite. E era o hipopótamo mais alegre que aquela antiga família conhecera. Seus olhinhos vermelhos estavam sempre cintilando de prazer e ria sua alegre risada em todas as ocasiões, houvesse ou não motivo para rir.

Por isso os negros que moravam na região o chamavam de "Ippi", o Feliz, embora não ousassem se aproximar dele por causa da mãe feroz e dos igualmente ferozes tios e tias e primos que viviam todos numa colônia na margem do rio.

E, apesar de esses negros, que viviam em vilarejos espalhados entre as árvores, não ousassem atacar abertamente a família real dos hipopótamos, eles eram apaixonados por sua carne, comendo-a sempre que podiam. Isso não era segredo para os hipopótamos. E, além disso, quando os negros conseguiam pegar os animais vivos, tinham o hábito peculiar de montá-los floresta adentro como se eles fossem cavalos, o que os reduzia à condição de escravos.

Tendo essas coisas em mente, sempre que a tribo de hipopótamos farejava o odor dos negros, costumava atacá-los furiosamente, e, se por sorte eles agarravam um dos inimigos, rasgavam-no com suas presas afiadas ou esmagavam-no na terra com suas patas enormes.

Havia uma guerra contínua entre os hipopótamos e os negros.

Gouie vivia em um dos vilarejos dos negros. Era filho do irmão do chefe e neto do feiticeiro da aldeia, um homem de idade avançada conhecido como o "prodígio sem ossos", pois conseguia enrolar-se como uma serpente, e não tinha ossos para impedi-lo de flexionar o corpo em qualquer posição. Isso o fazia andar de forma cambaleante, mas os negros lhe tinham grande respeito.

A cabana de Gouie era feita de galhos de árvore unidos com lama, e sua roupa era uma esteira de capim atada em torno de sua cintura. Mas seu parentesco com o chefe e o feiticeiro lhe conferia uma certa dignidade. Ele era muito inclinado a pensar solitariamente. Talvez fosse natural que esses pensamentos com frequência se voltassem contra os seus inimigos, os hipopótamos, e que ele estudasse várias formas de capturá-los.

Finalmente, concluiu seus planos e começou a cavar uma grande armadilha no chão, a meio caminho entre duas curvas fechadas do rio. Quando a armadilha ficou pronta, ele a cobriu com raminhos de árvores, jogou terra por cima e aplainou a superfície com tanto esmero que ninguém poderia suspeitar do grande buraco que havia embaixo. Então Gouie riu consigo mesmo e foi para casa jantar.

Naquela noite a rainha disse a Keo, que ele se desenvolvia muito bem para uma criança de sua idade:

— Quero que você atravesse a curva do rio e peça ao seu tio Nikki para vir aqui. Encontrei uma planta estranha e quero que ele me diga se é boa para comer.

O alegre hipopótamo riu com gosto quando começou sua jornada, pois se sentia tão importante como se sente um garoto a quem se manda pela primeira vez à mercearia da esquina comprar fermento em tablete.

— Guk-uk-uk-uk! Guk-uk-uk-uk! — era como ele ria; e se você acha que um hipopótamo não ri dessa forma, dê um jeito de ouvir um e descobrirá que estou certo.

Ele se arrastou para fora da lama onde estava chafurdando e andou pesadamente através dos arbustos. A última coisa que a mãe ouviu de onde estava, um pouco dentro e um pouco fora da água, foi seu musical "guk-uk-uk-uk!" morrendo na distância.

Keo estava em um estado de espírito tão alegre, que mal percebia onde pisava. Ficou muito surpreso quando, no meio de uma risada, o chão cedeu e ele caiu no fundo da grande armadilha de Gouie. Não ficou muito ferido, mas ao cair tinha batido gravemente o nariz; com isso ele parou de rir e começou a pensar em como poderia sair dali. Então descobriu que as paredes eram mais altas que sua cabeça e que estava aprisionado.

Ele riu um pouco de sua própria falta de sorte e a risada o acalmou e o fez dormir, tanto que ele roncou por toda a noite até o dia clarear.

Quando espiou da beira da armadilha na manhã seguinte, Gouie exclamou:

— Ora, é Ippi, o Feliz!

Keo reconheceu o cheiro de negro e tentou levantar a cabeça o suficiente para mordê-lo. Percebendo isso, Gouie falou na língua dos hipopótamos, que havia aprendido com seu avô, o feiticeiro.

— Calma, pequenino, você é meu prisioneiro.

— Sim; e vou arrancar um pedaço da sua perna se conseguir alcançá-la — retrucou Keo, rindo em seguida da própria piada: — Guk-uk-uk-uk!

Mas Gouie, pensativo como era, foi embora sem mais conversa e só retornou na manhã seguinte. Quando apareceu novamente na borda do buraco, Keo estava tão enfraquecido pela fome que já quase não conseguia rir.

— Você já desistiu? — perguntou Gouie. — Ou ainda quer brigar?

— O que vai acontecer se eu desistir? — indagou Keo.

Confuso, o negro coçou a cabeça lanosa.

— É difícil dizer, Ippi. Você é muito jovem para trabalhar, e, se eu o matar para comê-lo, perderei as suas presas, que ainda não cresceram. Por que, ó Feliz, você foi cair na minha armadilha? Eu queria pegar a sua mãe ou um de seus tios.

— Guk-uk-uk-uk! — riu Keo. — No fim você vai ter de me deixar ir, homem negro, pois não tenho utilidade para você!

— Isso não vou deixar — declarou Gouie —, a menos — acrescentou depois de pensar melhor — que façamos um trato.

— Fale-me desse trato, homem negro, pois estou faminto — disse Keo.

— Deixo-o partir se me jurar pelas presas de seu avô que vai retornar para mim dentro de um ano e um dia e tornar-se meu prisioneiro novamente.

O jovem hipopótamo parou para pensar, porque sabia que era algo solene jurar pelas presas do avô. Mas estava muito esfomeado, e um ano e um dia parecia ser muito tempo; então ele disse, com outra risada despreocupada:

— Muito bem; se me deixar partir agora, juro pelas presas do meu avô voltar para você em um ano e um dia e me tornar seu prisioneiro.

Gouie ficou muito satisfeito, porque sabia que em um ano e um dia Keo estaria quase completamente crescido.

Começou então a escavar um canto do buraco e jogar a terra para dentro até formar uma inclinação que permitisse ao hipopótamo subir.

Keo ficou tão contente ao ver-se na superfície da terra novamente que se entregou a um festivo ataque de riso depois do qual falou:

— Adeus, Gouie; em um ano e um dia, você me verá novamente.

Então ele saiu gingando até o rio para encontrar a mãe e tomar o café da manhã, e Gouie retornou para a aldeia.

Durante os meses que se seguiram, de quando em quando, deitado em sua cabana ou caçando na floresta, o negro ouvia o distante "guk-uk-uk-uk!" do hipopótamo risonho. Mas apenas sorria consigo mesmo e pensava:

— Um ano e um dia vão passar logo.

Na tribo dos hipopótamos todos ficaram muito alegres quando viram Keo retornar para a mãe são e salvo, pois o Feliz era o favorito de todos. Mas logo que ele contou que dentro de um ano e um dia deveria voltar a ser escravo do homem negro, todos começaram a gemer e chorar, e tantas eram as lágrimas que o nível do rio subiu vários centímetros.

É claro que Keo apenas riu da tristeza dos outros; mas convocou-se uma grande reunião da tribo e a questão foi discutida seriamente.

— Uma vez que ele jurou pelas presas do avô — disse o tio Nikki —, deve cumprir a promessa. Mas é nosso dever tentar de alguma forma livrá-lo da morte ou de uma vida de escravidão.

Todos concordavam com isso, mas ninguém conseguia pensar em uma forma de salvar o hipopótamo de seu destino. E assim se passaram meses, durante os quais toda a família real dos hipopótamos ficou triste e melancólica, à exceção de Keo, o Feliz.

Por fim, restava apenas uma semana de liberdade para Keo. Sua mãe, a rainha, estava tão nervosa e angustiada que se convocou outra reunião da tribo. Nessa altura, o hipopótamo risonho já havia atingido um tamanho enorme. Media mais de quatro metros de comprimento e quase dois metros de altura, e suas afiadas presas eram mais brancas e duras que as de um elefante.

— Se nada for feito para salvar meu filho — disse a mãe —, morrerei de desgosto.

Alguns de seus parentes começaram a fazer sugestões tolas; mas então o tio Nep, um hipopótamo sábio e enorme, disse:

— Devemos ir até Glinkomok e implorar sua ajuda.

Todos se calaram, pois era preciso ter muita coragem para encarar o poderoso Glinkomok. Mas o amor de mãe era capaz de qualquer heroísmo.

— Eu mesma irei encontrá-lo, se o tio Nep me acompanhar — disse ela de imediato.

Pensativo, tio Nep bateu de leve as patas dianteiras na lama fofa e balançou a cauda curta de um lado para o outro lentamente.

— Temos sido sempre obedientes a Glinkomok e lhe temos demonstrado grande respeito — disse ele. — Sendo assim não vejo perigo em encará-lo. Eu vou com você.

Todos os outros bufaram em aprovação, sentindo-se muito gratos por não os chamarem a ir também.

A rainha e o tio Nep saíram para sua jornada, com Keo nadando entre os dois. Nadaram rio acima o dia inteiro e todo o dia seguinte, até que no pôr do sol chegaram a um alto paredão rochoso, abaixo do qual ficava a caverna onde vivia o poderoso Glinkomok.

Essa assustadora criatura era parte besta, parte homem; parte ave, parte peixe. E existia desde o início dos tempos. No decorrer de anos de sabedoria ele havia se tornado parte feiticeiro, parte bruxo; parte mágico, parte duende. Os homens não sabiam de sua existência, mas os animais antigos o conheciam e temiam.

Os três hipopótamos pararam em frente da caverna, as patas dianteiras sobre a terra e o corpo na água, e bradaram em coro uma saudação a Glinkomok. A entrada da caverna escureceu de imediato e a criatura deslizou silenciosamente na direção deles.

Os hipopótamos ficaram com medo de olhar para ele e abaixaram a cabeça.

— Viemos aqui, ó Glinkomok, para implorar sua compaixão e ajuda amiga! — começou o tio Nep, e depois contou a história da captura de Keo e de como ele prometera voltar para o homem negro.

— Ele deve cumprir sua promessa — disse a criatura, com uma voz que soava como um suspiro.

A mãe hipopótamo gemeu alto.

— Mas eu o prepararei para vencer o homem negro e reconquistar a sua liberdade — continuou Glinkomok.

Keo soltou uma risada.

— Levante sua pata direita — comandou Glinkomok. Keo obedeceu e a criatura tocou-a com sua língua comprida e peluda. Então ele colocou quatro mãos magras sobre a cabeça redonda de Keo e murmurou algumas palavras em uma língua desconhecida pelos homens, pelos animais grandes, pelos peixes e pelas aves. Depois disso ele falou novamente em hipopotamês:

— Agora a sua pele se tornou tão resistente que nenhum homem pode feri-lo. Sua força é maior que a de dez elefantes. Suas patas são tão ligeiras que você pode correr mais que o vento. Sua inteligência é mais aguçada que a flecha que os homens usam para caçar. Deixe que o homem lhe tenha medo, mas do seu próprio peito afaste para sempre o temor, pois você é o mais poderoso de todos os de sua raça!

Então o terrível Glinkomok se inclinou e, enquanto ele sussurrava mais algumas instruções em seu ouvido, Keo sentiu-se chamuscado pela respiração ardente da criatura. No momento seguinte Glinkomok deslizou de volta para a caverna acompanhado pelos agradecimentos animados dos três hipopótamos, que escorregaram para dentro da água e imediatamente deram início à sua jornada de volta a casa.

O coração da mãe estava repleto de alegria; tio Nep estremeceu uma ou duas vezes ao lembrar-se do vislumbre que tivera de Glinkomok; mas Keo não cabia em si de contente e, não satisfeito em nadar ao lado de seus nobres anciões, mergulhou sob eles, correu em torno deles e riu alegremente durante cada centímetro do caminho de casa.

Toda a tribo fez a maior festa e louvou o poderoso Glinkomok por amparar o filho da rainha. E, quando chegou o dia de Keo, o Feliz, entregar-se ao homem negro, todos lhe deram beijos de despedida sem nenhum temor por sua segurança.

Keo foi embora de bom humor, e os membros da tribo ouviram a sua risada "guk-uk-uk-uk!" até muito depois de perdê-lo de vista na floresta.

Gouie havia ficado atento à passagem do tempo e sabia que aquele era o dia da volta de Keo; assombrou-se ao ver o tamanho monstruoso que seu prisioneiro alcançara e parabenizou a si mesmo pela sábia barganha que fizera. Keo estava tão gordo que Gouie resolveu comê-lo — isto é, comer o que conseguisse e negociar o restante da carcaça com seus camaradas da aldeia.

Pegou uma faca e tentou enfiá-la no hipopótamo, mas a pele era tão dura que a faca nada fez. Então ele tentou outros meios, mas Keo permaneceu ileso.

Então o Feliz riu a sua mais triunfante risada, e por toda a floresta ecoou o "guk-uk-uk-uk!". Gouie decidiu não o matar, uma vez que isso era impossível, mas usá-lo como besta de carga. Ele montou nas costas de Keo e lhe deu ordem para marchar. E assim Keo trotou animadamente pela aldeia, os olhinhos piscando de alegria.

Os outros negros estavam encantados com o prisioneiro de Gouie e pediram permissão para cavalgar o Feliz. Gouie trocou então o passeio deles por braceletes, colares de concha e pequenos ornamentos de ouro, e com isso juntou uma pilha de bugigangas. Uma dúzia de homens subiu no lombo de Keo para dar uma volta e o que estava mais próximo de seu nariz gritou:

— Corra, cachorro da lama, corra!

E Keo correu. Veloz como o vento, foi a passos largos para longe da aldeia, passou pela floresta indo direto para a margem do rio. Os homens negros gritavam de medo; o Feliz dava gargalhadas estrondosas; e eles corriam, corriam, corriam!

Então surgiu diante deles, na margem oposta do rio, a entrada escura da caverna de Glinkomok. Keo se atirou na água, mergulhou até o fundo e deixou os homens negros lutando para sair do rio. Mas Glinkomok havia ouvido a risada de Keo e sabia o que fazer. Quando o Feliz voltou à superfície e expulsou a água de sua garganta já não havia nenhum homem à vista.

Keo retornou sozinho para a aldeia e Gouie perguntou surpreso:

— Onde estão meus irmãos?

— Não sei — respondeu Keo. — Eu os levei até muito longe e eles ficaram onde os deixei.

Gouie teria feito outras perguntas, mas outra turma de homens negros esperava impacientemente para andar nas costas do hipopótamo risonho. Pagaram o preço e subiram ao seu assento e o primeiro da fila disse:

— Corra, chafurdador de lama, corra!

E Keo correu como fizera antes, carregou os homens para a entrada da caverna de Glinkomok e retornou sozinho.

Mas dessa vez Gouie ficou aflito para saber o destino de seus companheiros, pois em sua aldeia restara apenas ele.

Assim, ele montou no hipopótamo e exclamou:

— Corra, porco do rio, corra!

Keo soltou a sua feliz risada, "guk-uk-uk-uk!", e correu na velocidade do vento. Mas dessa vez foi direto para o lugar na margem do rio onde vivia a sua tribo. Ali chegando, entrou no rio, mergulhou até o fundo e deixou Gouie boiando no meio da correnteza.

O negro começou a nadar para a margem direita, mas viu que lá estavam o tio Nep e metade da tribo real esperando para prensá-lo na lama fofa. Virou-se para a margem esquerda e lá estava a rainha mãe e o tio Nikki com olhos vermelhos raivosos esperando para dilacerá-lo com suas presas.

Gouie soltou gritos de terror e, vendo o Feliz, que nadava próximo, gemeu:

— Keo, salve-me! Salve-me e o livrarei da escravidão.

— Isso não é suficiente — riu Keo.

— Eu o servirei pelo resto de minha vida! — urrou Gouie. — Farei qualquer coisa que me ordenar!

— Se o deixar escapar, você voltará para mim dentro de um ano e um dia e se tornará meu prisioneiro?

— Sim! Sim! Sim! — exclamou Gouie.

— Jure pelos ossos de seu avô! — ordenou Keo, lembrando-se de que os homens negros não tinham presas para jurar por elas.

E Gouie jurou pelos ossos do avô.

Então Keo nadou na direção do negro, que voltou a montar em suas costas. E dessa maneira foram para a margem do rio. Ali Keo contou à mãe e aos demais da tribo o trato que fizera com Gouie, de que ele teria de retornar dentro de um ano e um dia e tornar-se seu escravo.

Depois disso deixaram o homem partir em paz, e o Feliz pôde voltar a viver com seu próprio bando e ser alegre.

Quando um ano e um dia se passaram, Keo começou a esperar pelo retorno de Gouie; mas ele não apareceu, nem então nem depois.

O negro havia feito uma trouxa com os braceletes, colares de conchas e pequenos ornamentos de ouro e viajara muitos quilômetros até chegar a outro país, onde não se conhecia a antiga e real família de hipopótamos. Lá se tornou um grande chefe, por causa de suas riquezas, e as pessoas se inclinavam quando estavam diante dele.

Durante o dia ele era altivo e arrogante. Mas à noite ele se debatia e rolava na cama e não conseguia dormir. Sua consciência o atormentava.

Isso porque ele havia jurado pelos ossos de seu avô. E seu avô não tinha ossos.

Os bombons mágicos

Havia uma vez, em Boston, um certo dr. Daws, um químico sábio, homem idoso, que às vezes se aventurava pelo terreno da magia. Também em Boston vivia uma jovem chamada Claribel Sudds, dona de grande fortuna, pouca inteligência e um intenso desejo de subir aos palcos.

Claribel foi então até o dr. Daws e disse:

— Não sei cantar nem dançar; não sou capaz de recitar um verso nem de tocar piano; não sou acrobata, não sei saltar nem elevar graciosamente a perna num passo de dança; mas ainda assim quero subir aos palcos. O que devo fazer?

— Está disposta a pagar para ter esses talentos? — perguntou o esperto químico.

— Certamente — respondeu Claribel, fazendo tilintar sua bolsa.

— Então venha me ver amanhã às duas horas — disse ele.

Durante toda a noite, o químico pôs em prática o que se conhece como feitiçaria química; quando Claribel Sudds chegou no dia seguinte, às duas da tarde, ele lhe mostrou uma caixinha cheia de um preparado com aspecto de bombons franceses.

— Estamos em tempos progressistas — disse o velho —, e este seu tio Daws se orgulha de não ficar desatualizado. Um feiticeiro à moda antiga teria feito pílulas detestáveis, amargas, para você engolir; mas levei em conta o seu gosto e conforto. Aqui estão alguns bombons mágicos. Depois de comer este cor de alfazema, poderá dançar com leveza e graça, como se tivesse sido treinada para isso a vida toda. Depois de consumir o bombom rosa, cantará como um rouxinol. Comer o branco vai capacitá-la a tornar-se a melhor oradora da face da Terra. O bombom de chocolate vai enfeitiçá-la para tocar piano melhor que Rubenstein; depois de comer o bombom amarelo-limão, poderá facilmente elevar sua perna um metro e oitenta centímetros acima da cabeça.

— Que maravilha! — exclamou Claribel, que estava realmente extasiada. — O senhor é com certeza não só um grande e sábio feiticeiro como também um químico competente — e ela estendeu a mão para a caixa.

— Ei! — disse o homem sábio. — O cheque, por favor.

— Ah, sim, claro! Que estupidez da minha parte esquecer-me disso — retrucou ela.

Daws, de modo ponderado, reteve a caixa consigo até que ela assinasse o cheque de uma elevada quantia, depois do que lhe permitiu segurar a caixa.

— O senhor está mesmo certo de ter feito os bombons suficientemente fortes? — indagou ela, ansiosa. — Em geral é necessária uma dose alta para fazer efeito em mim.

— Meu único receio — replicou o dr. Daws — é que os tenha feito fortes demais. Acontece que é a primeira vez que me pedem que prepare esses confeitos maravilhosos.

— Não se preocupe — disse Claribel —, quanto mais forte atuarem em mim, eu mesma atuarei melhor.

Depois de dizer isso, ela foi embora; porém, ao parar em uma loja de tecidos e armarinhos para fazer compras, interessou-se por outras coisas e esqueceu a preciosa caixa no balcão das fitas.

Então a pequena Bessie Bostwick foi até o balcão para comprar uma fita para o cabelo e deixou seus pacotes ao lado da caixa com os bombons. E, quando foi embora, recolheu a caixa junto com os pacotes e, rápido, rumou com ela para casa.

Só depois de pendurar o casaco no armário do corredor e ir contar os seus pacotes foi que Bessie percebeu que havia um a mais. Então ela o abriu e exclamou:

— Ora, é uma caixa de doces! Alguém a perdeu. Mas ninguém irá se preocupar com um problema tão pequeno quanto esse; são apenas alguns doces.

E então ela despejou o conteúdo da caixa na bomboneira que ficava sobre a mesa do vestíbulo, pegou um bombom de chocolate — ela era louca por chocolate — e se regalou com ele enquanto examinava suas compras.

Não eram muitas, pois Bessie tinha apenas doze anos e ainda não contava com a confiança dos pais para gastar muito dinheiro em lojas. Mas, de súbito, no momento em que experimentava a fita para o cabelo, ela sentiu um forte desejo de tocar piano, e esse desejo acabou se tornando tão irresistível que ela foi para o salão e abriu o instrumento.

A garotinha havia, a muito custo, conseguido aprender duas "peças", que em geral executava com um movimento convulsivo da mão direita e esquecendo-se dos movimentos da mão esquerda, que assim deixava de se manter no mesmo ritmo da direita, gerando uma dissonância terrível. Mas sob a influência do bombom de chocolate a garota sentou-se e correu levemente os dedos sobre as teclas, produzindo uma harmonia tão bela que ela foi tomada de espanto com a própria atuação.

Aquele, entretanto, era apenas o prelúdio. No momento seguinte ela se lançou na *Sonata número sete* de Beethoven e a tocou de modo magnífico.

Sua mãe, ouvindo uma explosão melódica incomum, desceu as escadas para ver que convidado músico havia chegado; mas quando descobriu que era a sua própria filhinha quem estava tocando tão divinamente teve um acesso de palpitações (ao qual era sujeita) e sentou-se em um sofá até que o acesso se fosse.

Enquanto isso Bessie tocava uma peça após outra com energia infindável. Ela amava música e agora percebia que tudo o que precisava fazer era sentar-se ao piano e ouvir e ver suas mãos movendo-se rapidamente pelo teclado.

O crepúsculo se intensificou na sala; o pai de Bessie chegou em casa, tirou o chapéu e o casaco e colocou o guarda-chuva no armário. Depois foi dar uma olhada na sala para ver quem estava tocando.

— Grande César! — exclamou. Mas a mãe foi até ele

e suavemente pediu-lhe silêncio com o dedo nos lábios, e sussurrou:

— Não a interrompa, John, Nossa filha parece estar em transe. Você já ouviu uma música assim tão magnífica?

— Ora essa, ela é uma criança prodígio! — arfou o pai, atônito. — Ela toca muito melhor que o cego Tom. É... é maravilhoso!

Enquanto os dois ouviam chegou o senador, que havia sido convidado para jantar com eles aquela noite. E, antes que pudesse tirar o casaco, se juntou a eles o professor de Yale, um homem de muita erudição e conhecimentos profundos.

Bessie seguia tocando; os quatro adultos permaneceram em um grupo silencioso e pasmo que ouvia a música e esperava pelo som da sineta chamando para o jantar.

O sr. Bostwick, faminto, pegou a bomboneira que estava na mesa a seu lado e comeu o confeito rosa. O professor o observava e então o sr. Bostwick educadamente estendeu-lhe a bomboneira. O professor comeu o bombom amarelo-limão e o senador estendeu a mão e pegou o cor de alfazema. Entretanto, ocorreu-lhe que o doce poderia estragar seu jantar, e por isso não o comeu, guardando-o no bolso do colete. A sra. Bostwick, ainda ouvindo atentamente a filha precoce, pegou o confeito remanescente sem pensar no que fazia e comeu com vagar o bombom branco.

A bomboneira agora estava vazia e os preciosos bombons de Claribel Sudds haviam deixado para sempre de ser seus.

De repente o sr. Bostwick, um homem enorme, começou a cantar com uma trêmula e estridente voz de soprano. Não era a mesma música que Bessie estava tocando, e a desarmonia foi tão chocante que o professor sorriu, o senador tampou os ouvidos com as mãos, e a sra. Bostwick exclamou horrorizada:

— William!

Seu marido continuou a cantar, como se tentasse competir com a famosa Christine Nillson, sem prestar atenção nem à esposa nem aos convidados.

Felizmente a sineta tocou, chamando para o jantar, e a sra.

Bostwick tirou Bessie do piano e conduziu os convidados para a sala de jantar. O sr. Bostwick os seguiu cantando *A última rosa do verão* como se fosse um bis exigido por milhares de ouvintes deliciados.

A pobre mulher desesperava-se com as ações indignas de seu marido e indagava-se o que poderia fazer para controlá-lo. O professor estava mais sério que o habitual, o rosto do senador exibia uma expressão contrariada, e Bessie continuava movendo os dedos como se ainda desejasse tocar piano.

A sra. Bostwick conseguiu fazer que todos se sentassem, ainda que seu marido houvesse desatado a cantar uma outra ária; e então a criada entrou com a sopa.

Quando a moça levou o prato para o professor, ele gritou, com uma voz agitada:

— Segure o prato mais alto! Eu disse mais alto! E, levantando-se de um salto, ele inesperadamente chutou o prato, jogando-o perto do teto, de onde em seguida desabou, espalhando sopa sobre Bessie e a criada, e se espatifou em mil pedaços na careca do professor.

Diante desse ato desumano, o senador ergueu-se da cadeira com uma exclamação de horror e fitou a anfitriã.

A sra. Bostwick olhava aquilo com uma expressão atordoada; mas então, apanhada pelo olhar do senador, curvou-se de modo gracioso e começou a recitar "O ataque da brigada ligeira" em tom enérgico.

O senador estremeceu. Nunca vira ou ouvira falar de um tumulto tão vergonhoso em uma família decente. Ele sentiu que sua reputação estava em jogo e, sendo, segundo parecia, a única pessoa sã no recinto, não havia a quem pudesse apelar.

A criada tinha corrido para a cozinha onde chorava de maneira histérica; o sr. Bostwick cantava *Oh, prometa-me*; o professor tentava chutar os globos do candelabro; a sra. Bostwick agora recitava "O garoto parado no convés em chamas"; e Bessie havia roubado do armário a partitura de *O holandês voador* e já tocava a abertura.

A essa altura o senador já não estava de todo certo de que não enlouqueceria também; escapou, pois, do alvoroço e, pegando no vestíbulo o casaco e o chapéu, tratou de sair o mais rápido da casa.

Aquela noite ele ficou acordado até tarde escrevendo um discurso político que deveria pronunciar na tarde seguinte no salão Faneuil. Mas suas experiências na casa dos Bostwick o haviam enervado tanto que ele mal conseguia juntar os pensamentos. Muitas vezes parava e sacudia a cabeça pesaroso ao lembrar das coisas estranhas que vira naquele lar normalmente respeitável.

No dia seguinte ele encontrou o sr. Bostwick na rua, mas passou pelo homem com um olhar inexpressivo, como se não se lembrasse dele. Sentia que de fato não podia se permitir relacionar-se com esse cavalheiro no futuro. Naturalmente o sr. Bostwick ficou indignado com aquela afronta direta; mas em sua mente ainda permanecia a leve memória de alguns fatos bastante incomuns ocorridos no jantar da noite anterior e não discernia bem se deveria ou não ficar ressentido com o tratamento do senador.

O encontro político foi o assunto do dia, pois a eloquência do senador era muito conhecida em Boston. O grande salão estava apinhado de gente, e, em uma das fileiras da frente, estava sentada a família Bostwick, a seu lado estava o erudito professor de Yale. Todos pareciam cansados e pálidos como se houvessem passado a noite bebendo e dançando. O senador ficou tão nervoso ao vê-los que por duas vezes recusou-se a olhar na direção em que estavam.

Enquanto o prefeito o apresentava, o grande homem permanecia sentado, inquieto em sua cadeira; e, pondo casualmente o polegar e o indicador no bolso de seu paletó, encontrou o bombom cor de alfazema que havia guardado aí na noite anterior.

"Isso deve limpar a minha garganta", pensou o senador, e levou furtivamente o bombom à boca.

Poucos minutos depois ele se levantou diante da numerosa assistência, que o saudou com aplausos entusiasmados.

— Meus amigos — começou o senador em tom sério —, essa é uma esplêndida e importante ocasião.

Fez uma pausa, equilibrou-se sobre o pé esquerdo e ergueu no ar a perna direita como fazem os bailarinos!

Houve um murmúrio de espanto e horror na audiência, mas o senador não parecia aperceber-se disso. Rodopiava nas pontas dos pés, erguia graciosamente a perna direita e a esquerda, e assustou um homem calvo na primeira fila ao lançar uma lânguida olhadela em sua direção.

Subitamente Claribel Sudds, que também estava presente, deu um grito e levantou-se de um salto. Apontou o dedo acusador para o senador dançarino e gritou:

— Esse é o homem que roubou meus bombons! Agarrem-no! Prendam-no! Não o deixem escapar!

Mas os porteiros do salão a levaram rapidamente para fora, pensando que ela havia enlouquecido de uma hora para outra; os amigos do senador o seguraram firme e carregaram-no pela porta dos fundos, na rua puseram-no em uma carruagem aberta com instruções ao condutor de levá-lo para casa.

O efeito do bombom mágico ainda atuava muito forte e dominava o pobre senador, que de pé sobre o banco traseiro da carruagem dançou animadamente durante todo o caminho de casa, para delírio da legião de garotinhos que seguia o veículo e desgosto dos cidadãos sensatos, que balançavam a cabeça tristemente e murmuravam: "Mais um homem bom que tomou o mau caminho".

O senador precisou de muitos meses para se recuperar da vergonha e da humilhação do seu deslize; e, o que é muito curioso, nunca teve a menor ideia do que o induzira a agir de maneira tão extraordinária. Para sua sorte, fora-se o último bombom, pois é possível que causassem muito mais problemas do que os que causaram.

Evidentemente, Claribel voltou ao sábio químico e assinou um cheque para outra caixa de bombons mágicos; mas deve ter tomado mais cuidado com esses, pois hoje ela é uma famosa atriz de variedades.

* * *

Esta história deveria nos ensinar a tolice que é condenar os outros por ações que não compreendemos, pois nunca sabemos o que pode acontecer a nós mesmos. Deveria também servir como sugestão às pessoas para que sejam cuidadosas quanto a deixar seus pacotes em lugares públicos e obviamente a não se intrometerem com pacotes alheios.

A captura do Pai-Tempo

Jim era filho de um caubói e vivia nas amplas planícies do Arizona. Seu pai o havia ensinado a laçar com total precisão um potro bravio ou um búfalo jovem, e, se Jim tivesse força para complementar a sua habilidade, ele seria tão bom caubói quanto qualquer um em todo o Arizona.

Quando estava com doze anos de idade ele fez a primeira visita ao Leste, onde morava o tio Charles, irmão de seu pai. É claro que Jim levou consigo o laço, pois tinha orgulho da habilidade com que lançava e queria mostrar aos primos o que um caubói podia fazer.

No princípio os garotos e as garotas da cidade ficaram muito interessados em ver Jim laçar postes e estacas de cerca, mas logo se cansaram disso e o próprio Jim resolveu que aquele não era um esporte apropriado para cidades.

Mas um dia o açougueiro pediu a Jim para que levasse um de seus cavalos para uma pastagem que ele havia arrendado, e Jim aceitou ansioso. Estava louco para dar uma volta a cavalo. E para que parecesse como nos velhos tempos, levou o laço consigo.

Ele andou pelas ruas com o recato necessário, mas quando alcançou as estradas do campo seu humor explodiu num júbilo impetuoso e, instigando o cavalo do açougueiro, disparou no verdadeiro estilo dos caubóis.

Passou então a querer mais liberdade e, abrindo as porteiras que davam para um grande campo, começou a dar voltas pelo prado e a jogar seu laço em um gado imaginário enquanto soltava gritos e brados de puro contentamento.

De repente, ao jogar bem longe o seu laço, este se prendeu em alguma coisa e ficou parado um metro acima do chão, a corda se esticou e quase derrubou Jim do cavalo.

Um acontecimento inesperado. Mais que isso, era assombroso, pois o prado parecia deserto, nem mesmo um toco de árvore havia. Os olhos de Jim se arregalaram de assombro, e ele soube que tinha aprisionado algo quando uma voz exclamou:

— Ei, solte-me! Solte-me, já disse! Não vê o que fez?

Não. Jim não conseguia ver nada nem pretendia soltar nada até descobrir o que estava segurando o laço. Assim, ele recorreu a um velho truque que seu pai lhe havia ensinado e, fazendo o cavalo correr, começou a dar voltas em torno do lugar onde seu laço ficara preso.

À medida que, desse modo, ele chegava mais e mais perto de sua presa, via a corda formar espirais, ainda que parecesse estar se enrolando em nada, apenas no ar. Uma ponta do laço tinha sido presa a um anel da sela, e, quando a corda estava quase completamente esticada e o cavalo começou a querer se afastar e a resfolegar de medo, Jim apeou. Segurou as rédeas em uma das mãos e seguiu a corda, no instante seguinte viu um homem velho firmemente preso nas voltas do laço.

O ancião era calvo e estava sem chapéu, mas tinha uma longa barba branca descendo-lhe até a cintura. Sobre o corpo levava uma toga larga de linho branco. Em uma das mãos ele segurava uma grande foice e sob o outro braço carregava uma ampulheta.

Enquanto Jim o contemplava pensativo, esse venerável ancião disse, irritado:

— Ora... tire essa corda daqui o mais rápido que puder! Com a sua insensatez você fez que tudo se paralisasse na Terra! Ei! O que está olhando? Não sabe quem sou eu?

— Não — disse Jim aparvalhado.

— Eu sou o Tempo, o Pai-Tempo! Então ande logo e me liberte se quer que o mundo ande direito.

— Como foi que consegui pegar o senhor? — perguntou Jim, sem fazer um só movimento para soltar o prisioneiro.

— Não sei. Nunca fui preso antes — rosnou o Pai-Tempo. — Mas suponho que seja porque você estava jogando seu laço insensatamente para o nada.

— Eu não vi o senhor — disse Jim.

— É claro que não. Sou invisível para os seres humanos, a menos que eles cheguem a um metro de mim, e tomo cuidado para que a distância entre mim e eles seja sempre maior que essa. Por isso estava cruzando este campo, onde supus que não haveria ninguém. E estaria perfeitamente a salvo não fosse seu detestável laço. E agora — acrescentou irritado — você vai tirar essa corda daqui?

— Por que deveria tirar? — perguntou Jim.

— Porque tudo no mundo parou de se mover no momento em que você me apanhou. Não acredito que queira acabar com todos os negócios e prazeres, e guerra e amor, e miséria, ambição e tudo o mais, quer? Nenhum relógio andou desde que me amarrou aqui como uma múmia!

Jim riu. Era realmente engraçado ver o velho enrolado em voltas e voltas de corda desde os joelhos até o queixo.

— Tirar uma folga vai fazer-lhe bem — disse o garoto. — Ouvi falar que o senhor leva uma vida muito ocupada.

— De fato, levo — disse o Pai-Tempo com um suspiro. — Esperam-me neste mesmo minuto em Kamchatka. E pensar que um garotinho está atrapalhando os meus hábitos regulares!

— Que pena! — disse Jim com um sorriso largo. — Mas uma vez que o mundo já está mesmo parado, não haverá problema se a pausa for um pouco mais longa. Assim que o deixar partir o tempo vai voar novamente. Onde estão suas asas?

— Eu não tenho asas — respondeu o velho. — Essa é uma história inventada por alguém que nunca me viu. Para falar a verdade, movo-me bem lentamente.

— Entendo, o senhor não tem pressa — observou o garoto. — E para que serve essa foice?

— Para matar pessoas — disse o ancião. — Cada vez que balanço minha foice alguém morre.

— Então eu deveria ganhar uma medalha de salva-vidas

por mantê-lo amarrado — disse Jim. — Nesse meio-tempo alguns camaradas vão viver mais.

— Mas eles não saberão disso — disse o Pai-Tempo com um sorriso triste —; assim, isso não os ajudará em nada. Você deveria é desamarrar-me de uma vez.

— Não — retrucou Jim com ar determinado. — Provavelmente nunca mais o capturarei; desse modo, vou retê-lo por um tempo e ver como o mundo se vira sem o senhor.

Então ele suspendeu o ancião, amarrado como estava, para o lombo do cavalo e, subindo por sua vez na sela, começou a voltar para a cidade com uma das mãos segurando o prisioneiro e a outra controlando as rédeas.

Quando alcançou a estrada, seus olhos viram um quadro estranho. Havia um cavalo e sua charrete parados no meio da estrada, o cavalo em meio ao trote com a cabeça erguida e duas patas no ar, mas completamente imóvel. Um homem e uma mulher estavam sentados na charrete; mas ainda que houvessem sido transformados em pedra não poderiam parecer mais imóveis e rígidos.

— Não há tempo para eles! — observou o ancião.

— E agora, vai me deixar partir?

— Ainda não — retrucou o garoto.

E seguiu adiante até chegar à cidade, onde todas as pessoas estavam paradas nas exatas posições em que estavam quando Jim laçara o Pai-Tempo.

Parou em frente a uma grande loja de tecidos, amarrou o cavalo e entrou. Os balconistas estavam mostrando os tecidos ou cortando-os para as filas de clientes, mas parecia que todos tinham se transformado subitamente em estátuas.

Havia algo muito desagradável naquela cena, e um arrepio gelado começou a percorrer de alto a baixo as costas de Jim; então ele voltou correndo para a rua.

Um pobre mendigo inválido estava sentado no meio-fio e segurava o chapéu, ao lado dele um cavalheiro aparentemente abastado estava prestes a colocar um centavo no chapéu. Jim sabia que aquele cavalheiro era riquíssimo, mas muito sovina, e assim arriscou-se a enfiar a mão no bolso do homem e tirar sua carteira na qual havia uma moeda de ouro de vinte dólares. Pôs essa moeda brilhante nos dedos do cavalheiro no lugar do centavo e depois lhe devolveu a carteira ao bolso.

"Esse donativo vai surpreendê-lo quando ele voltar à vida", pensou o garoto.

Jim voltou a montar no cavalo e andou rua acima. Quando passou no comércio de seu amigo, o açougueiro, reparou em vários pedaços de carne pendurados do lado de fora.

— Tenho medo de que essa carne se estrague — observou.

— É preciso tempo para que se estrague a carne. Jim achou que aquilo era estranho, mas verdadeiro.

— Parece que o tempo interfere em tudo — disse ele.

— Sim; você transformou em prisioneiro o personagem mais importante do mundo — gemeu o ancião —; e não tem bom-senso suficiente para deixá-lo livre novamente.

Jim não respondeu. Logo chegaram à casa de seu tio, e apeou novamente. A rua estava cheia de carruagens e pessoas, mas todos imóveis. Suas duas priminhas estavam prestes a sair pelo portão a caminho da escola, com os livros e lousas debaixo do braço; com isso Jim teve de pular a cerca para evitar derrubá-las.

Sua tia estava sentada na sala da frente lendo a Bíblia. Estava virando uma página quando o tempo parou. Na sala de jantar o tio terminava de almoçar. Tinha a boca aberta e o garfo suspenso, os olhos estavam fixos no jornal aberto a seu lado. Jim serviu-se da torta do tio e enquanto a comia aproximou-se do prisioneiro.

— Há uma coisa que não entendo — disse.

— O quê? — perguntou o Pai-Tempo.

— Por que consigo mover-me por aí enquanto todas as outras pessoas estão... estão... congeladas?

— Isso acontece porque eu sou seu prisioneiro — respondeu o outro. — Agora você pode fazer o que quiser com o tempo. Porém, a menos que seja cuidadoso vai acabar fazendo algo de que se arrependerá.

Jim jogou a crosta de sua torta em um pássaro que estava suspenso no ar parado no ponto onde voava quando o tempo parou.

— Seja como for — riu ele —, estou vivendo mais que qualquer um. Ninguém será jamais capaz de equiparar-se a mim.

— Cada vida tem uma extensão determinada — disse o velho. — Quando tiver vivido o tempo devido, minha foice irá ceifá-la.

— Havia me esquecido da sua foice — disse Jim, pensativo.

Então um espírito travesso tomou conta da cabeça do garoto, pois ele percebera que não voltaria a ter uma oportunidade como aquela de se divertir. Amarrou o Pai-Tempo ao poste de atar animais da casa do tio para que ele não pudesse escapar, cruzou a rua e foi até a mercearia da esquina.

O dono da mercearia havia ralhado com Jim naquela mesma manhã quando ele tropeçara acidentalmente em uma cesta de nabos. O garoto foi então até a parte de trás da mercearia e abriu a torneira do barril de melado.

— Isso vai fazer uma boa bagunça quando o tempo se mover e o melado se derramar por todo o chão — disse Jim rindo.

Um pouco mais abaixo havia uma barbearia; sentado na cadeira do barbeiro, Jim viu aquele que todos os meninos diziam ser o "homem mais malvado da cidade". Com certeza ele não gostava dos garotos, e os garotos sabiam disso. O barbeiro estava começando a passar o xampu nesse homem quando o tempo fora capturado.

Jim correu até a farmácia, pegou um pote de mucilagem, retornou e despejou-o sobre o cabelo ondulado do malquisto cidadão.

"Isso provavelmente o surpreenderá quando ele acordar", pensou Jim.

A escola ficava perto dali. Jim entrou no prédio e descobriu que apenas alguns dos alunos estavam presentes. A professora estava sentada à mesa, severa e carrancuda como sempre.

Jim pegou um pedaço de giz e escreveu no quadro-negro, em letras grandes, as seguintes palavras:

> Pedimos que cada aluno grite
> No momento em que entrar nesta sala.
> Ele deve também, por favor,

Jogar seus livros na cabeça da professora.
Assinado: professora Sharpe.

— Isso deve gerar uma bela confusão — murmurou o bagunceiro enquanto ia embora.

O policial Mulligan estava de pé na esquina conversando com a velha sra. Scrapple, a maior fofoqueira da cidade, que sempre se divertia falando coisas desagradáveis sobre os vizinhos. Jim pensou que essa era uma oportunidade boa demais para desperdiçar. Pegou o boné e o casaco com botões de metal do policial e os vestiu na sra. Scrapple e colocou na cabeça do policial o chapéu dela, emplumado e cheio de laços.

O efeito foi tão cômico que o garoto riu alto, e, como havia muita gente parada perto da esquina, ele achou que a sra. Scrapple e o policial Mulligan causariam sensação quando o tempo retomasse seu curso.

Então o jovem caubói lembrou-se do prisioneiro.

Retornou ao poste onde o amarrara e, a um metro do Pai-Tempo, viu que ele ainda esperava pacientemente dentro da armadilha do laço. No entanto, ele parecia irritado e aborrecido, e resmungou:

— E então, quando pretende libertar-me?

— Estive pensando nessa sua foice ameaçadora — disse Jim.

— O que tem ela?

— Talvez se deixá-lo ir a primeira coisa que fará será balançá-la contra mim para vingar-se — respondeu o garoto.

O Pai-Tempo olhou-o severamente, e disse:

— Conheço garotos há milhares de anos, e evidentemente sei que eles são bagunceiros e imprudentes. Mas gosto de crianças, elas crescem e se tornam homens, pessoas do meu mundo. Agora, se um homem tivesse me apanhado por acidente, como você fez, eu poderia havê-lo amedrontado para que ele me soltasse no mesmo instante; mas é mais difícil amedrontar um garoto. Eu não sei se o culpo. Também já fui garoto, muito tempo atrás, quando o mundo era novo. Mas com certeza você a esta altura já se divertiu o suficiente comigo e espero que agora mostre o respeito devido aos mais velhos. Deixe-me ir, e em troca prometo esquecer tudo sobre minha captura. De qualquer forma, o incidente não causou muito dano, pois ninguém jamais saberá que o Tempo foi detido por três horas mais ou menos.

— Está bem — disse Jim alegremente —, uma vez que o senhor prometeu não me ceifar, vou deixá-lo ir.

Mas ele tinha a impressão de que algumas pessoas na cidade suspeitariam de que o tempo havia parado quando retornassem à vida.

Cuidadosamente desenrolou a corda que prendia o ancião. Logo que este se viu livre, pôs a foice nas costas, ajeitou o manto branco e inclinou a cabeça despedindo-se.

No momento seguinte havia desaparecido e com um farfalhar e ribombar e troar de atividade o mundo voltou à vida na sua antiga agitação.

Jim enrolou seu laço, montou no cavalo do açougueiro e andou vagarosamente rua abaixo.

Gritos altos chegavam da esquina, onde um grande grupo de pessoas se havia logo reunido. Do alto do cavalo Jim viu a sra. Scrapple vestida com o casaco do policial, sacudindo com raiva os punhos perto da cara do policial Mulligan, enquanto o oficial, furioso, esmagava com o pé o chapéu dela, que ele tirara da própria cabeça em meio às zombarias da multidão.

Quando passava em frente à escola ele ouviu um tremendo coro de gritos, e soube que a professora Sharpe estava passando por maus bocados para pôr fim ao tumulto provocado pelo anúncio no quadro-negro.

Pela janela da barbearia viu o "homem malvado" espancando freneticamente o barbeiro com uma escova; seu cabelo estava espetado e duro como baionetas voltadas para todas as direções. E o dono da mercearia saiu correndo pela porta e gritou "Fogo!", deixando uma trilha de melado por onde pisava.

O coração de Jim se rejubilou. Ele se deliciava com a agitação que provocara quando alguém lhe agarrou a perna e o puxou do cavalo.

— Que que cê tá fazendo aqui, seu patife? — esbravejou

zangado o açougueiro. — Cê num tinha me prometido levá aquele animal pro pasto do Plympton? E agora tô vendo que cê tá andando por aí no diabo do cavalo como se fosse um grã-fino que num tem o que fazê!

— Isso é verdade — disse Jim, surpreso —; eu me esqueci completamente do cavalo!

* * *

Esta história deveria nos ensinar a extrema importância do tempo e a tolice que é tentar detê-lo. Pois se você conseguir paralisar o tempo, como fez Jim, o mundo logo se tornará um lugar monótono e a vida será indiscutivelmente desagradável.

A bomba maravilhosa

Não muitos anos atrás, um homem e sua esposa viviam na Nova Inglaterra, em uma fazenda com terreno pedregoso e de terra estéril. Eram pessoas tranquilas, honestas, que trabalhavam duramente, desde a manhãzinha até a noite, para conseguir obter daquela terra pobre uma escassa subsistência.

Sua casa, uma pequena construção térrea, ficava nos flancos de uma colina íngreme, e em torno dela havia tantas pedras que quase nada verde conseguia brotar do solo. No pé da colina, a quatrocentos metros da casa pelo caminho sinuoso, havia um riachinho. A mulher era obrigada a ir lá buscar água, carregando-a colina acima para o seu lar. Essa era uma tarefa cansativa e, somada aos demais trabalhos pesados que lhe cabiam dividir com o marido, a fazia macilenta, curvada e magra.

Ainda assim ela nunca se queixava; executava humilde e pontualmente suas tarefas. Fazia o serviço da casa, carregava a água e ajudava o marido a cultivar a escassa safra que se desenvolvia na parte fértil da terra.

Um dia, quando estava descendo pelo caminho para o riacho, os grandes sapatos espalhando os seixos para a direita e a esquerda, ela notou um grande besouro deitado de costas e lutando bravamente com as perninhas para se virar, de modo que suas patas pudessem voltar a tocar o chão. Mas ele não conseguia alcançar isso; assim, a mulher, que tinha um bom coração, delicadamente virou o besouro com o dedo. Em seguida o inseto saiu em disparada, e ela foi para o riacho.

Quando foi buscar água no dia seguinte, ficou surpresa ao ver outra vez o besouro deitado de costas e lutando desamparadamente para se virar. Uma vez mais a mulher parou e o ajudou a ficar sobre as patas; e então, quando se inclinou para a pequenina criatura, ouviu uma vozinha dizer:

— Obrigado! Muito obrigado por me salvar!

Meio amedrontada por ouvir um besouro falar na língua dela, a mulher deu um salto para trás e exclamou:

— Ora essa! Você não pode falar como os humanos, tenho certeza disso!

E então, recobrando-se do susto, voltou a se curvar para o besouro, que lhe respondeu:

— Por que eu não poderia falar, se tenho algo a dizer?

— Porque você é um inseto — retrucou a mulher.

— É verdade; e você salvou a minha vida; salvou-me de meus inimigos, os pardais. E essa é a segunda vez que vem em meu auxílio, e por isso tenho uma dívida de gratidão com você. Os insetos dão tanto valor à vida quanto os seres humanos, e eu sou uma criatura mais importante do que você, em sua ignorância, pode supor. Mas diga-me, por que vem todos os dias até o riacho?

— Para buscar água — respondeu ela, olhando aparvalhada para o besouro falante.

— E esse trabalho não é pesado? — perguntou a criatura.

— Sim; mas não há água na colina — disse ela.

— Então cave um poço e coloque uma bomba dentro dele — respondeu o besouro.

Ela balançou a cabeça.

— Meu marido já tentou fazer isso; mas não havia água — disse tristemente.

— Tente mais uma vez — aconselhou o besouro —, e, em troca da sua bondade comigo, vou lhe fazer esta promessa: se não brotar água do poço, brotará algo mais precioso para você. Agora preciso ir. Não se esqueça. Cave um poço.

E assim, sem parar para dizer adeus, ele prontamente voou para longe e se perdeu entre as pedras.

A mulher voltou para casa, muito confusa com o que o besouro dissera, e quando o seu marido chegou contou-lhe toda a história.

O pobre homem pensou profundamente no assunto por algum tempo, e então disse:

— Mulher, deve haver algo de verdade no que o besouro lhe contou. Se um besouro pode falar, ainda deve haver mágica no mundo; e se existe mágica, podemos conseguir tirar água do poço. A bomba que comprei para usar no poço que, no final, se mostrou seco, está jogada no celeiro, e o único gasto que teremos para seguir o conselho do inseto será o trabalho de cavar o poço; trabalho com o qual estou acostumado. Assim sendo, vou cavá-lo.

No dia seguinte ele começou a trabalhar e cavou tão fundo na terra que mal conseguiu alcançar o alto para sair do poço; mas não encontrou uma única gota de água.

— Talvez não tenha cavado suficientemente fundo — disse a esposa quando ele lhe contou o fracasso.

Assim, no dia seguinte, o homem fez uma escada longa, bem mais alta que o buraco, e a pôs dentro dele; então cavou, e cavou, e cavou, até que o topo da escada mal alcançasse o topo do buraco. Mas ainda não havia água.

Quando a mulher voltou ao riacho com seu balde viu o besouro sentado em uma pedra ao lado do caminho. Então ela parou e disse:

— Meu marido cavou o poço; mas não havia água.

— Ele colocou a bomba dentro do poço? — perguntou o besouro.

— Não — respondeu ela.

— Então faça como eu mandei; coloque a bomba dentro, e se você não conseguir extrair água, prometo-lhe algo ainda mais precioso.

Dizendo isso, o inseto prontamente deslizou pela pedra e desapareceu. A mulher voltou para casa e contou ao marido o que o besouro lhe dissera.

— Bem — retrucou o homem simples —, não há mal algum em tentar.

Ele buscou a bomba no celeiro e a colocou dentro do poço,

segurou a manivela e começou a bombear. A esposa ficou ao lado para ver o que sucederia.

Nenhuma água surgiu, mas depois de alguns momentos uma moeda de ouro caiu pelo bico da bomba, e depois outra, e outra, até que vários punhados de ouro se acumularam em um montinho no chão.

O homem, então, parou de bombear e correu para ajudar a esposa a juntar as moedas de ouro no avental; mas suas mãos tremiam tanto de excitação e de alegria, que ele mal conseguia pegar as moedas cintilantes.

Por fim, ela juntou as moedas amparando-as no peito, e os dois correram para casa. Despejaram o precioso ouro em cima da mesa e passaram a contá-lo.

Todas as moedas eram estampadas no padrão da Casa da Moeda dos Estados Unidos. Valiam cinco dólares cada. Algumas estavam gastas e um pouco descoradas pelo uso, outras eram brilhantes e novas como se não houvessem sido muito tocadas. Quando somaram o valor total das moedas descobriram que havia o equivalente a trezentos dólares.

De repente a mulher falou.

— Meu marido, o besouro disse a verdade quando afirmou que poderíamos extrair do poço algo mais precioso que água. Mas corra e retire a manivela da bomba para que ninguém que passe por esse caminho descubra nosso segredo.

E assim o homem fez, retirou a manivela e escondeu-a debaixo da cama.

Eles mal pregaram os olhos naquela noite; ficaram deitados, despertos, pensando em sua boa sorte e no que deveriam fazer com a sua provisão de ouro. Jamais haviam possuído, em toda a sua vida, mais do que alguns dólares de cada vez, e agora o pote de chá estava quase cheio com as moedas de ouro.

O dia seguinte era domingo. Eles levantaram cedo e correram para ver se o seu tesouro estava a salvo. E ali estava ele, ordenadamente empilhado dentro do pote de chá. O casal ficou tão ávido em deleitar a vista com ele, que demorou um bom tempo até que o homem conseguisse o tesouro, para preparar o fogo com que a mulher faria o café da manhã.

Quando estavam fazendo a refeição frugal, a mulher falou:

— Hoje vamos à igreja agradecer a riqueza que chegou para nós tão inesperadamente. E vou dar uma das moedas de ouro ao pastor.

— É bastante apropriado ir à igreja — respondeu o marido — e também agradecer. Mas durante a noite decidi como gastaremos o dinheiro, e desse modo, não sobrará nenhum para o pastor.

— Podemos bombear mais — disse a mulher.

— Talvez sim, mas talvez não — ele respondeu cautelosamente. — Podemos contar com o que temos, mas não sei dizer se no poço haverá mais ou não.

— Então vá lá e descubra — retrucou ela —, pois estou ansiosa para dar algo ao pastor, que é um homem pobre e precisa de auxílio.

Assim, o homem pegou a manivela da bomba debaixo da cama e, indo até o poço, ajustou-a no lugar.

Em seguida pôs um grande balde de madeira sob a torneira e começou a bombear. Para a alegria do casal as moedas de ouro logo começaram a cair dentro do balde e, ao ver que ele já estava quase transbordando, a mulher trouxe outro balde. Mas subitamente a torrente parou, e o homem disse animado:

— Já basta por hoje, minha boa mulher! Aumentamos muito o nosso tesouro, e o pastor terá a sua moeda de ouro. Na verdade, acho que também devo colocar uma moeda na caixa de donativos.

Então, uma vez que não cabia mais ouro no pote de chá, o homem esvaziou o balde na caixa de guardar lenha, cobrindo o dinheiro com folhas secas e galhos para que ninguém pudesse suspeitar do que havia por baixo.

Depois disso vestiram sua melhor roupa e se puseram a caminho da igreja, cada um tirando do pote de chá uma brilhante moeda de ouro para levar de presente ao pastor.

Da colina desceram para o vale. Sentiam-se tão felizes e com o coração tão leve, que nem prestavam atenção à distância percorrida. Afinal chegaram à igrejinha do lugar, e entraram no momento exato em que começava o serviço religioso.

Orgulhosos de sua riqueza e dos presentes que haviam levado para o pastor, mal podiam esperar pelo momento em que o diácono passaria com a caixa de donativos. Afinal chegou a hora, e o homem levantou bem a mão sobre a caixa e deixou cair a moeda de ouro, de maneira que toda a congregação pudesse ver o que ele havia dado. A mulher fez o mesmo, sentindo-se importante e feliz em poder dar tanto dinheiro ao bom pastor.

Observando do púlpito, o pastor viu o ouro caindo na caixa e mal pôde acreditar que seus olhos não o estavam enganando. Entretanto, quando a caixa foi deixada sobre sua mesa lá estavam as duas moedas de ouro. Ele ficou tão surpreso, que quase se esqueceu do sermão.

Quando as pessoas estavam deixando a igreja, no fim do serviço religioso, o bom pastor parou o homem e sua mulher e perguntou:

— Onde conseguiram tanto ouro?

A mulher contou-lhe alegremente como salvara o besouro e como em troca eles haviam sido recompensados com a bomba maravilhosa. O pastor ouviu tudo com seriedade, e, quando a história acabou, disse:

— Segundo a tradição, coisas estranhas aconteceram neste mundo em épocas passadas, e agora vejo que coisas estranhas também podem ocorrer em nossos dias. Pois, de acordo com a sua história, a senhora encontrou um besouro capaz de falar e que também tem poder para lhes conceder uma grande riqueza.

Dito isso ele examinou cuidadosamente as moedas e continuou:

— Este dinheiro pode ser ouro mágico ou metal genuíno gravado na Casa da Moeda do governo dos Estados Unidos. Se for ouro mágico desaparecerá em vinte e quatro horas, e por conseguinte não servirá de nada para ninguém. E se for dinheiro verdadeiro, então o seu besouro deve tê-lo roubado de alguém e colocado no poço. Pois todo dinheiro pertence a alguém, e se vocês não o ganharam honestamente, mas o obtiveram da maneira misteriosa que mencionaram, esse dinheiro com certeza foi tirado das pessoas que o ganharam, sem o consentimento delas. De onde mais poderia vir um dinheiro verdadeiro?

O homem e sua mulher ficaram confusos com essa declaração e se entreolharam, com a consciência pesada, pois eram gente honesta, e não queriam fazer mal a ninguém.

— Então o senhor acha que o besouro roubou o dinheiro? — perguntou a mulher.

— Ele provavelmente usou os poderes mágicos que tem para tirar o dinheiro dos que, por direito, são seus donos. Até mesmo besouros capazes de falar são desprovidos de consciência e não sabem a diferença entre o bem e o mal. Desejando recompensá-la por sua gentileza, o besouro tomou dos proprietários legais o dinheiro que vocês depois bombearam do poço.

— Talvez seja mesmo ouro mágico — sugeriu o homem. — Se for, devemos ir para a cidade e gastar tudo antes que desapareça.

— Isso seria errado — respondeu o pastor —, pois assim os comerciantes ficariam sem dinheiro nem mercadorias. Dar-lhes ouro mágico seria o mesmo que roubá-los.

— O que devemos fazer, então? — perguntou a pobre mulher, torcendo as mãos de pesar e desapontamento.

— Ir para casa e esperar até amanhã. Se, então, o ouro ainda estiver com vocês, será dinheiro verdadeiro e não ouro mágico. Mas, se for dinheiro verdadeiro, vocês deverão tentar devolvê-lo aos donos. Levem também essas moedas que me deram, pois não posso aceitar ouro que não tenha sido obtido de forma honesta.

Tristes, os dois voltaram para casa, muito transtornados com o que haviam ouvido. Outra noite em claro se passou, e na segunda-feira de manhã eles se levantaram com as primeiras luzes do dia, e correram para ver se o ouro ainda estava lá.

— É dinheiro verdadeiro, no fim das contas — gritou o homem —, pois não sumiu nem uma só moeda.

Quando a mulher foi ao riacho naquele dia, procurou pelo besouro e, é claro, lá estava ele sobre a pedra achatada.

— Está feliz agora? — perguntou o inseto quando a mulher parou diante dele.

— Estamos muito infelizes — ela respondeu —, porque, ainda que tenha nos dado muito ouro, nosso bom pastor disse que esse ouro certamente pertence a outra pessoa e que você o roubou para nos recompensar.

— Seu pastor deve ser um homem bom — disse o besouro, um tanto indignado —, mas com certeza não é muito esperto. Se não querem o ouro posso tirá-lo de vocês tão facilmente como dei.

— Mas nós o queremos! — exclamou temerosa a mulher. — Isto é — acrescentou —, se ele tiver sido ganho honestamente.

— Ele não foi roubado — respondeu o besouro, emburrado —, e agora não pertence a ninguém além de vocês. Quando você salvou a minha vida pensei de que forma poderia recompensá-la; e como sabia que era pobre, concluí que iria ficar mais feliz com o ouro do que com qualquer outra coisa. — Você precisa saber — continuou ele — que, apesar de ser na aparência pequeno e insignificante, eu, na verdade, sou o rei de todos os insetos, e minha gente acata cada mínimo desejo meu. Vivendo perto da terra, como é o caso dos insetos, muitas vezes eles deparam com ouro e outras moedas que os homens perdem, que caem em fendas e fissuras ou ficam cobertas pela terra, ou escondidas em meio à grama ou a ervas daninhas. E, todas as vezes que minha gente encontra dinheiro dessa forma, relata-me o fato; mas sempre deixei o dinheiro onde estava, porque ele não tem utilidade nenhuma para um inseto. Contudo, quando decidi lhe dar o ouro sabia exatamente onde o obter sem roubar nenhum dos seus semelhantes. Centenas de insetos foram de uma só vez enviados por mim em todas as direções para trazer para esta colina as moedas de ouro perdidas. Como pode deduzir, isso custou à minha gente vários dias de trabalho árduo; quando o seu marido terminou o poço, o ouro começou a chegar de todas as partes do país, e durante a noite meus vassalos o jogaram dentro do poço. Assim, você pode usá-lo com a consciência limpa, sabendo que não está fazendo mal a ninguém.

A mulher ficou encantada com essa explicação, e, quando

retornou à sua casa e contou ao marido o que o besouro dissera, ele também se encheu de alegria.

Então pegaram várias moedas de ouro e foram à cidade comprar provisões, roupas e muitas coisas de que já precisavam havia muito tempo. Mas estavam tão orgulhosos de sua riqueza recém-adquirida que não se esforçaram em ocultá-la. Queriam que todos soubessem que tinham dinheiro. Por isso, não é de admirar que, quando alguns dos homens maus do povoado viram o ouro, desejaram tê-lo para si.

— Se eles gastam dinheiro tão livremente — sussurrou um homem para o outro —, devem ter uma grande reserva de ouro em casa.

— Isso é verdade — foi a resposta. — Vamos nos apressar e saquear a casa antes que voltem.

Deixaram o povoado e foram à casa do casal na colina. Derrubaram a porta e viraram tudo de pernas para o ar até descobrirem o ouro na caixa de lenha e no pote de chá. Não precisaram de muito tempo para empacotá-lo em trouxas, que jogaram às costas e levaram embora, e, talvez por estarem com muita pressa, não recolocaram a casa em ordem.

Em breve, a boa mulher e seu marido chegaram ao alto da colina, vindos da aldeia, com os braços cheios de pacotes e seguidos por um grupo de garotinhos que haviam sido contratados para ajudá-los a carregar as compras. Outras crianças e alguns palermas do lugar, atraídos pela riqueza e pelo esbanjamento do casal, o seguiam na retaguarda por simples curiosidade, formando o que parecia a cauda de um cometa e concorrendo para aumentar o cortejo e torná-lo uma procissão triunfal. Por último vinha Guggins, o comerciante, carregando com muito cuidado um vestido novo de seda que lhe seria pago quando chegassem a casa, pois todo o dinheiro que o casal levara para a aldeia havia sido prodigamente gasto.

O fazendeiro, outrora um homem modesto, estava agora tão inchado de orgulho que inclinara a aba de seu chapéu sobre a orelha esquerda e fumava um grande charuto, que já o estava deixando indisposto. Ao lado dele sua mulher se pavoneava, aproveitando ao máximo a homenagem e o respeito que sua riqueza conquistara entre aqueles que antigamente não se dignavam notá-la. De quando em quando lançava os olhos para a admirável procissão que os seguia.

Mas, ai de seu orgulho recém-nascido! Quando chegaram em casa encontraram a porta quebrada, a mobília espalhada por todos os lados e seu tesouro roubado até a última moeda de ouro.

A multidão deu grandes risadas e fez observações desrespeitosas de natureza pessoal, e Guggins, o comerciante, exigiu em voz alta o pagamento do vestido de seda que ele havia trazido.

Então a mulher sussurrou ao marido para correr e bombear mais um pouco de ouro enquanto ela acalmava a multidão, e ele obedeceu imediatamente. Mas depois de alguns momentos retornou com o rosto pálido e lhe contou que o poço estava seco e que não conseguira tirar nem uma única moeda de ouro da torneira.

A procissão marchou de volta para a aldeia rindo e zombando do homem e de sua esposa, que haviam fingido ser tão ricos; e alguns dos garotos foram perversos, a ponto de jogar pedras na casa. O sr. Guggins carregou o vestido de volta, depois de ralhar severamente com a mulher por enganá-lo, e, quando o casal afinal se viu sozinho na casa, seu orgulho se havia transformado em humilhação; e sua alegria, em um desgosto amargo.

Logo antes do pôr do sol a mulher secou as lágrimas e, voltando a pôr o vestido costumeiro, foi ao poço buscar água. Quando chegou à pedra achatada viu aí o Rei Besouro.

— O poço está seco! — exclamou a mulher, zangada.

— Sim — respondeu calmamente o besouro —, vocês já bombearam de lá todo o ouro que minha gente encontrou.

— Mas agora estamos arruinados — disse a mulher, sentando-se no caminho e começando a chorar —, pois os ladrões nos roubaram todos os centavos que tínhamos.

— Sinto muito — retrucou o besouro —, mas a culpa é de vocês mesmos. Se não tivessem feito tanto alarde da sua riqueza, ninguém suspeitaria de que possuíam um tesouro nem pensaria em roubá-los. Nessas circunstâncias, apenas perderam o ouro que outros já haviam perdido antes. E provavelmente outros o perderão muitas vezes mais, antes que o mundo chegue ao seu fim.

— Mas o que vamos fazer agora? — perguntou ela.

— O que faziam antes de eu lhes dar o dinheiro?

— Trabalhávamos desde a manhã até a noite.

— Então ainda lhes resta o trabalho — observou o besouro tranquilamente —; pode ter certeza de que isso ninguém jamais tentará roubar de vocês.

Dito isso, deslizou pela pedra e desapareceu para sempre.

* * *

Esta história deveria nos ensinar a aceitar a boa sorte com o coração humilde e usá-la com moderação. Pois, se o homem e sua mulher tivessem resistido à tentação de exibir sua riqueza com tanto alarde, talvez a possuíssem até hoje.

O MANEQUIM QUE GANHOU VIDA

Em todo o reino encantado não existe ser mais travesso que Tanko-Mankie, o elfo amarelo. Uma tarde ele estava voando pela cidade — totalmente invisível aos olhos mortais, mas capaz de ver tudo — quando percebeu um manequim de cera parado atrás da grande vitrine de vidro blindado da loja de departamentos do sr. Floman.

A mulher de cera estava lindamente vestida, e tinha na sua mão esquerda estendida e rija um anúncio com estas palavras:

NEGÓCIO DE OCASIÃO!
Este elegante costume
(Importado de Paris)
Preço anterior: $ 20
REDUZIDO PARA APENAS $ 19,98

Esse anúncio impressionante havia reunido em frente à vitrine uma multidão de compradoras, as quais estavam paradas, observando com olhar crítico a mulher de cera.

Tanko-Mankie riu consigo mesmo sua baixa, gorgolejante, risadinha, que sempre significa travessura à vista. E então voou para perto do manequim de cera e soprou duas vezes em sua nuca.

A partir desse momento o manequim ganhou vida, mas ficou tão aturdido e admirado com aquela sensação inesperada, que continuou imóvel olhando estupidamente para as mulheres do lado de fora e segurando o anúncio como fazia antes.

Tanko-Mankie riu outra vez e voou para fora.

Qualquer outro que não ele teria ficado para ajudar a mulher de cera a se livrar dos problemas que com certeza lhe viriam; mas esse travesso elfo achou muito engraçado deixar a inexperiente dama solta em um mundo frio e sem coração, para que ela se defendesse sozinha.

Afortunadamente eram quase seis da tarde quando o manequim começou a se dar conta de que estava vivo. Antes que conseguisse reunir seus novos pensamentos e decidir o que fazer, um homem veio e abaixou todas as persianas, impedindo a visão dos compradores curiosos.

Então os balconistas, supervisores e caixas se foram, e a loja foi fechada para a noite, ainda que os varredores e esfregadores ficassem limpando o chão para o dia seguinte.

A vitrine ocupada pela mulher de cera era toda fechada, como um quartinho, com apenas uma pequena porta de um lado para que o vitrinista pudesse se arrastar para dentro e para fora. Assim, os esfregadores não perceberam que o manequim, quando deixado sozinho, jogou o anúncio no chão e sentou-se sobre uma pilha de cortes de seda para pensar sobre quem era, onde estava, e como ganhara vida.

Pois você deve levar em conta, querido leitor, que apesar de seu tamanho e do rico traje, apesar das suas bochechas rosadas e do fofo cabelo loiro, essa dama era muito jovem — na realidade, tão jovem quanto um bebê nascido há meia hora. Tudo o que ela sabia do mundo estava contido no vislumbre que guardara da rua movimentada que via pela vitrine; tudo o que sabia das pessoas se baseava no comportamento do grupo de mulheres que diante dela, do outro lado do vidro, ficara comentando seu vestido, ora criticando o seu caimento, ora elogiando a sua aparência elegante.

Assim, ela tinha muito pouco em que pensar, e seus pensamentos se moviam um tanto devagar; todavia, estava decidida quanto a uma coisa: não queria permanecer na vitrine e ser olhada insolentemente por uma porção de mulheres que não eram, nem de longe, tão bonitas ou bem-vestidas como ela.

Já passava da meia-noite quando ela chegou a essa importante conclusão; mas algumas luzes fracas estavam acesas na loja grande e deserta, e assim ela se arrastou pela porta de sua vitrine e andou pelos longos caminhos entre as mercadorias, parando aqui e ali para olhar com muita curiosidade a riqueza dos ornamentos que a cercavam por todos os lados.

Quando chegou às redomas de vidro cheias de chapéus adornados, ela se lembrou de haver visto criações similares sobre as cabeças das senhoras na rua. Escolheu um que lhe assentava com elegância e colocou-o cuidadosamente sobre os cachos loiros. Não vou nem tentar explicar qual foi o instinto que a fez dar uma olhadela em um espelho próximo, para ver se o chapéu lhe caía bem, só sei que certamente o fez. Ele não combinava muito com seu vestido, mas a pobrezinha era muito nova para ter bom gosto na combinação de cores.

Quando alcançou o balcão de luvas, lembrou-se de que as mulheres que vira também usavam luvas.

Tirou um par delas da vitrine e tentou calçá-las sobre seus rígidos dedos de cera; mas as luvas eram muito pequenas, e as costuras se rasgaram. Tentou mais um par, e vários outros igualmente; mas se passaram horas antes que, afinal, fosse bem-sucedida em cobrir as mãos com um par de mitenes verde-ervilha.

Em seguida, escolheu uma sombrinha no grande e variado estoque nos fundos da loja. Não que tivesse alguma ideia de qual seria a sua serventia; mas outras mulheres carregavam aquelas coisas, então ela também deveria ter uma.

Quando voltou a examinar-se criticamente em frente do espelho, resolveu que seu traje agora estava completo, e, para seus olhos inexperientes, não havia diferença perceptível entre ela e as mulheres que ficavam do lado de fora da vitrine. Tentou então sair da loja, mas encontrou todas as portas fechadas.

A mulher de cera não tinha pressa; adquirira paciência em sua vida anterior. Pelo momento só o fato de estar viva e vestir roupas bonitas já era divertimento suficiente. Sentou-se em um tamborete e aguardou calmamente até que clareasse o dia.

Quando o zelador destrancou a porta de manhã, a mulher

de cera passou correndo por ele e desceu a rua a passos duros, porém majestosos. O pobre sujeito ficou tão completamente perplexo ao ver o conhecido manequim deixar sua vitrine e marchar para fora da loja, que caiu sobre uma pilha de mercadorias, e isso evitou que, ao desmaiar, batesse o esqueleto contra o degrau da porta. Quando recobrou os sentidos, ela já virara a esquina e desaparecera.

A mente imatura da mulher de cera havia ponderado que, uma vez que ganhara vida, seu dever evidente era se unir ao mundo e fazer tudo que as outras pessoas faziam. Não percebia quanto era diferente das pessoas de carne e osso; nem sabia que era o primeiro manequim que ganhara vida, ou que devia aquela experiência única ao amor de Tanko-Mankie às travessuras. Assim, a ignorância deu-lhe uma confiança em si mesma à qual não estava adequadamente habilitada.

Ainda era bem cedo e as poucas pessoas que encontrou andavam apressadas pelas ruas. Muitas delas entravam em restaurantes e cafés, e, seguindo o seu exemplo, a mulher de cera também entrou em um café e sentou-se em um banco no balcão.

— Café e pãezinhos! — disse uma balconista na cadeira ao lado.

— Café e pãezinhos! — repetiu o manequim, e logo o garçom colocou-os em frente dele.

É claro que não tinha fome, pois sua constituição, em sua maior parte de madeira, não requeria comida; mas olhou a vendedora, e a viu pôr o café na boca e bebê-lo. Logo a mulher de cera fez o mesmo, e no instante seguinte surpreendeu-se ao sentir o líquido quente escorrendo entre suas costelas de madeira. O café também criou bolhas em seus lábios de cera e a experiência foi tão desagradável, que ela se levantou e deixou o restaurante, sem prestar atenção ao garçom que lhe pedia "vinte centavos, dona". Não que quisesse enganá-lo, mas a pobre criatura não tinha ideia do que ele queria dizer com "vinte centavos, dona".

Quando saiu do café, encontrou o decorador de vitrines da loja do sr. Floman. O homem era muito míope, mas, percebendo algo familiar nas feições da mulher, levantou o chapéu educadamente. A mulher de cera também ergueu o seu, achando que era a coisa apropriada a fazer, e o homem saiu correndo com uma expressão horrorizada.

Então uma mulher tocou o braço do manequim e disse:

— Desculpe, senhora, mas tem uma etiqueta de preço pendurada atrás do seu vestido.

— Sim, eu sei — respondeu a mulher de cera, duramente —; o preço original era vinte dólares, mas fora reduzido para apenas dezenove dólares e noventa e oito centavos.

A mulher ficou surpresa com tamanha indiferença e foi embora. Alguns carros estavam parados à beira da calçada, e, vendo o manequim hesitar, um motorista se aproximou e levou a mão ao chapéu.

— Táxi, dona? — perguntou ele.

— Não — ela disse, entendendo-o mal. — Sou de cera.

— Oh! — exclamou ele, olhando-a espantado.

— Olha o seu jornal da manhã! — gritou um garoto entregador de jornais.

— Você disse meu? — perguntou ela.

— Claro! *Chronicle*, '*Quirer*, *R'public*, *Spatch*!

Cê fica com qual?

— Para que servem? — perguntou simplesmente a mulher de cera.

— Ora... pra ler, é claro. Todas as notícias cê fica sabendo.

Ela balançou a cabeça e deu uma olhada para o jornal.

— Ele me parece todo pontilhado e embaralhado — disse ela. — Temo que eu não saiba ler.

— Cê nunca foi na escola? — perguntou o garoto, começando a se interessar.

— Não; que escola? — indagou ela.

O garoto lançou-lhe um olhar indignado.

— Diga! — gritou — cê é só um manequim, isso é que cê é! — e saiu correndo em busca de algum freguês mais promissor.

"O que será que ele quis dizer?", pensou a pobre dama. "Será que sou de alguma maneira diferente de todas as outras pessoas? Minha aparência certamente é igual à delas; e tento agir como elas; mesmo assim o garoto me chamou de manequim e pareceu pensar que eu agia estranhamente."

Essa ideia aborreceu-a um pouco, mas seguiu até a esquina, onde reparou em um bonde parando para deixar que algumas pessoas descessem. A mulher de cera, ainda determinada a agir como os outros, subiu no bonde e sentou-se quieta em um canto.

Depois de passarem alguns quarteirões, o condutor abordou-a e disse:

— Passagem, por favor!

— O que é isso? — indagou ela inocentemente.

— Sua passagem! — disse o homem, impaciente.

Ela ficou olhando-o com ar estúpido, tentando entender o que o condutor queria dizer.

— Vamos, vamos! — rosnou ele. — Ou paga ou desce!

Ela ainda não compreendia, e o homem a segurou rudemente pelo braço e a fez levantar-se. Mas o sujeito foi tomado de surpresa quando sua mão entrou em contato com a madeira dura de seu braço. Inclinou-se e examinou-lhe o rosto com atenção, e, vendo que era de cera e não de carne, deu um grito de medo e pulou do bonde, correndo como se houvesse visto um fantasma.

Em face disso, os passageiros também gritaram e saltaram do carro, temendo uma colisão; e o motorneiro, percebendo que algo estava errado, seguiu o exemplo. Vendo correr os outros, a mulher de cera pulou por último do carro e caiu na frente de outro bonde que vinha a toda a velocidade na direção contrária.

Ela ouviu gritos de medo e de aviso vindos de todos os lados, mas, antes que entendesse o perigo em que estava, foi derrubada e arrastada por meio quarteirão.

Quando o bonde conseguiu parar, um policial se agachou e a puxou de sob as rodas. Seu vestido estava terrivelmente rasgado e sujo, a orelha se fora por completo, e o lado esquerdo da cabeça havia desmoronado; mas ela rapidamente se pôs de pé e perguntou por seu chapéu. Um cavalheiro já o havia encontrado, passando-o para o policial, que, ao entregá-lo a ela, percebeu o grande buraco em sua cabeça e o espaço oco que ele mostrava. O pobre sujeito assustou-se e começou a tremer tanto, que seus joelhos batiam um no outro.

— Ei... ei... dona, você está... morta! — disse ele, ofegante.

— O que significa estar morta? — perguntou a mulher de cera.

O policial estremeceu e enxugou o suor da testa.

— É isso que você está! — respondeu ele, com um gemido.

A multidão que havia se reunido em torno ficou olhando assombrada para a mulher, até que um cavalheiro de meia-idade exclamou:

— Ora, ela é de cera!

— Cera! — repetiu o policial.

— Certamente. É um daqueles manequins colocados nas vitrines — declarou o homem de meia-idade.

As pessoas ali reunidas começaram a gritar:

— O senhor está certo!

— Isso é que ela é!

— É um manequim!

— Você é um manequim? — perguntou o policial, friamente.

A mulher de cera não respondeu. Teve medo de estar se metendo em encrenca, e a multidão que a olhava fixamente parecia embaraçá-la.

Subitamente um engraxate tentou resolver o problema dizendo:

— Vocês estão errados! Um manequim fala? Um manequim anda? Um manequim vive?

— Silêncio! — murmurou o policial. — Olhem aqui! — e apontou para o buraco na cabeça da mulher. O entregador de jornais olhou, ficou pálido e assobiou, tentando evitar tremer.

Então chegou um segundo policial, e depois de uma breve conferência decidiu-se levar a estranha criatura para a sede da polícia. Assim, eles chamaram uma viatura e ajudaram a danificada mulher de cera a subir, levando-a para a sede da polícia. Lá chegando, o policial a trancou numa cela e correu para contar a inacreditável história ao inspetor Mugg.

O inspetor Mugg acabara de tomar um café da manhã bastante pobre e não estava de bom humor; urrou e enfureceu-se com o azarado policial, dizendo que eles é que eram uns manequins idiotas por irem contar uma história de fadas como essa a um homem de bom-senso. E também deu a entender que eles deviam ter bebido.

Os policiais tentaram explicar, mas o inspetor Mugg não os ouviu; os dois ainda estavam discutindo quando chegou o sr. Floman, proprietário da loja de departamentos.

— Eu quero dez detetives imediatamente, inspetor! — gritou.

— Para quê? — perguntou Mugg.

— Uma das mulheres de cera escapou de minha loja e fugiu com um traje de 19,98 dólares, um chapéu de 4,23 dólares; uma sombrinha de 2,19 dólares; e um par de luvas de 0,76 centavos; e quero que a prendam!

Quando ele parou para respirar, o inspetor, assombrado, olhou-o penetrantemente.

— Todo o mundo resolveu enlouquecer ao mesmo tempo? — indagou sarcasticamente. — Como um manequim de cera poderia escapar?

— Não sei; mas escapou. O zelador o viu correndo para fora quando abriu a porta esta manhã.

— E por que ele não o deteve? — perguntou Mugg.

— Estava muito assustado. Mas ele roubou meus bens, Vossa Excelência, e o quero preso! — declarou o dono da loja.

O inspetor pensou por um momento.

— O senhor não poderia processá-lo — disse —, pois não há leis contra manequins que roubam.

O sr. Floman suspirou amargamente.

— E vou perder o traje de 19,98 dólares, e o chapéu de 4,23 dólares, e...

— De modo algum — interrompeu o inspetor Mugg. — A polícia desta cidade está sempre pronta a agir em defesa de nossos dignos cidadãos. Já prendemos a mulher de cera, ela está trancada na cela número dezesseis. O senhor pode ir até lá e recuperar as suas propriedades, se quiser, mas antes de processá-la por furto é melhor procurar uma lei que se aplique a manequins.

— Tudo o que quero — disse o sr. Floman — é aquele traje de 19,98 dólares e...

— Venha comigo! — interrompeu o policial. — Vou levá-lo até a cela.

Mas, quando entraram na cela número dezesseis, encontraram apenas um manequim sem vida deitado de bruços sobre o chão. A cera estava rachada e cheia de bolhas, a cabeça completamente danificada, e o traje em oferta estava rasgado, empoeirado e muito sujo. Pois Tanko-Mankie, o amigo das traquinagens, voara por ali e soprara uma vez mais sobre a pobre mulher de cera, e naquele instante a sua breve vida se acabara.

— Exatamente o que pensei — disse o inspetor Mugg, recostando-se satisfeito em sua cadeira. — Eu sabia todo o tempo que a coisa era uma farsa. Às vezes parece que o mundo inteiro pode enlouquecer se não houver alguém sensato por perto para trazer as pessoas de volta à razão. Os manequins são madeira e cera, e isso é tudo o que eles são.

— Talvez essa seja a regra — murmurou o policial consigo mesmo —, mas este manequim viveu.

O Rei dos Ursos Polares

O Rei dos Ursos Polares vivia entre os *icebergs* do extremo norte do globo. Era velho e monstruosamente grande; era sábio e amigável com todos que o conheciam. Seu corpo era coberto por uma espessa e longa pelagem branca que brilhava como prata à luz do sol da meia-noite. As garras eram fortes e afiadas, e assim ele podia andar em segurança no gelo liso ou agarrar e dilacerar os peixes e as focas de que se alimentava.

As focas se assustavam e tentavam se esquivar quando ele se aproximava; mas as gaivotas, tanto as brancas como as cinzentas, o amavam por deixar os restos de seu banquete para que elas devorassem.

Os seus súditos, os ursos polares, muitas vezes, vinham-lhe pedir conselhos quando estavam doentes ou com problemas; mas mantinham-se sabiamente distantes de seu território de caça, temendo interferir em seu esporte e despertar-lhe a fúria.

Os lobos, que algumas vezes iam tão longe para o Norte, a ponto de chegar aos *icebergs*, sussurravam entre si que o Rei dos Ursos Polares ou era mágico ou estava sob a proteção de algum poderoso duende. Isso porque nenhum ser terrestre parecia capaz de fazer-lhe mal; ele sempre conseguia comida suficiente e tornava-se maior e mais forte dia após dia, ano após ano.

Contudo, chegou o momento em que esse monarca do Norte se encontrou com o homem, e sua sabedoria lhe falhou.

Um dia, saiu de sua caverna entre os *icebergs* e viu um barco movendo-se pela faixa de água que ficara descoberta depois do deslocamento do gelo no verão. E no barco havia homens.

O grande urso nunca vira criaturas como aquelas antes. Avançou rumo ao barco com a curiosidade despertada e farejando o cheiro estranho, indagando-se se deveria considerá-los amigos, inimigos, comida ou carniça.

Quando o rei se aproximou da água, um homem levantou-se no barco e, com um instrumento estranho, fez um alto "bang!". O urso polar sentiu um golpe; sua mente ficou entorpecida; os pensamentos o abandonaram; os grandes membros tremeram e cederam abaixo dele, e o corpo desmoronou pesadamente sobre o gelo duro.

Isso foi tudo de que ele se lembrou por algum tempo.

Quando acordou sentiu dores agudas em cada centímetro do enorme corpanzil, pois o homem lhe havia cortado a pele para retirar o seu glorioso pelo branco e carregá-lo consigo para um navio distante.

Sobre ele circulavam centenas das suas amigas gaivotas, imaginando se o seu benfeitor estaria mesmo morto e se deveriam comê-lo. Mas quando o viram erguer a cabeça, gemer e tremer, souberam que ainda estava vivo, e uma delas disse para suas companheiras:

— Os lobos estavam certos. O rei é um grande mago, pois nem mesmo os homens podem matá-lo. Mas está sofrendo com a falta de cobertura. Vamos retribuir a bondade dele conosco dando-lhe o máximo de plumas de que possamos dispor.

Essa ideia agradou às gaivotas. Uma após outra elas arrancaram com o bico as plumas macias de sob as asas e, voando baixo, as deixaram cair suavemente sobre o corpo do Rei dos Ursos Polares.

E então lhe falaram em coro:

— Coragem, amigo! Nossas plumas são macias e tão bonitas como o seu pelo felpudo. Vão protegê-lo do vento frio e aquecê-lo enquanto dorme. Assim, tenha coragem e viva!

E o Rei dos Ursos Polares teve coragem de enfrentar a dor, viver e tornar-se forte novamente.

As plumas cresceram como teriam crescido no corpo dos pássaros, cobriram o urso como se fossem o seu próprio pelo. Eram em sua maioria brancas, mas as que tinham vindo de gaivotas cinzentas davam a Sua Majestade uma aparência levemente manchada.

Pelo resto daquele verão e por todos os seis meses de noite o rei só saiu de sua caverna de gelo para pescar ou caçar focas para comer. Não que sentisse vergonha da plumagem que o recobria, mas ainda a estranhava um pouco, e assim evitava encontrar algum de seus irmãos ursos.

Durante esse período de isolamento, pensou muito sobre os homens que o haviam ferido, e lembrava-se de como eles tinham feito aquele grande "bang!" Decidiu que era melhor manter distância daquelas criaturas tão violentas. E acrescentou isso à sua reserva de sabedoria.

Quando a lua sumiu do céu e o sol chegou e fez que os *icebergs* brilhassem com os lindos matizes do arco-íris, dois dos ursos polares chegaram à caverna do rei para lhe pedir conselhos sobre a temporada de caça. Mas começaram a rir quando viram-lhe o corpanzil coberto por plumas no lugar de pelos. Um deles disse:

— Nosso poderoso rei se transformou em pássaro! Quem já ouviu falar de um urso polar emplumado?

Então o rei foi tomado pela fúria. Avançou sobre os ursos com rugidos graves e passos majestosos, e um golpe de sua pata monstruosa atirou o engraçadinho a seus pés, sem vida.

O outro urso correu para longe, indo encontrar os companheiros para levar as notícias sobre a estranha aparência do rei. O resultado foi uma reunião de todos os ursos polares sobre um amplo campo de gelo, onde discutiram gravemente a extraordinária mudança que o seu monarca sofrera.

— Ele não é mais um urso, na verdade — disse um deles —, nem pode ser chamado de pássaro. Ele é metade pássaro, metade urso, e uma criatura assim não pode continuar nosso rei.

— Então, quem deverá tomar o seu lugar? — perguntou um outro.

— Aquele que puder lutar com o pássaro-urso e vencê-lo

— respondeu um membro mais velho do grupo. — Só o mais forte poderá governar nossa espécie.

Fez-se silêncio por algum tempo, mas finalmente um grande urso adiantou-se e disse:

— Lutarei com ele; eu, Woof, o mais forte de nossa espécie! E irei tornar-me o Rei dos Ursos Polares.

Os outros assentiram inclinando a cabeça e despacharam um mensageiro para dizer ao rei que este deveria lutar com o grande Woof, vencê-lo ou renunciar à soberania.

— Pois um urso com plumas — acrescentou o mensageiro — não é de fato um urso, e o rei a quem obedecemos deve parecer-se com os demais de nós.

— Uso plumas porque gosto — rosnou o rei. — Não sou um grande mágico? Mas não importa, vou lutar, e se Woof dominar-me será rei em meu lugar.

Então, visitou suas amigas gaivotas, que ainda estavam se banqueteando sobre um urso morto, e contou-lhes sobre a luta marcada.

— Eu devo vencer — disse o rei, orgulhoso. — Mas meu povo tem o direito de reivindicar esse ponto, pois apenas um urso peludo como eles pode exercer o comando.

A rainha das gaivotas falou:

— Ontem encontrei uma águia que conseguiu escapar de uma grande cidade dos homens. Ela contou-me que viu uma enorme pele de urso polar jogada na parte traseira de uma carruagem que rodava pelas ruas. Aquela pele deve ser a sua, ó rei, e, se o senhor quiser, mandarei uma centena de minhas gaivotas até a cidade para trazê-la de volta.

— Mande-as partir! — disse o rei, rispidamente.

E logo as cem gaivotas estavam voando rapidamente na direção sul. Durante três dias, sem parar, voaram reto como uma flecha, até chegarem a casas dispersas, depois aldeias e depois cidades. Então começaram a busca.

As gaivotas eram corajosas, sagazes e sensatas. No quarto dia alcançaram a grande metrópole e pairaram pelas ruas até que passou por elas uma carruagem com uma grande pele de urso branco jogada sobre o assento traseiro. Então precipitaram-se sobre a carruagem — todas as cem — e, agarrando a pele com o bico, voaram rapidamente para longe.

Estavam atrasadas. A grande batalha do rei seria no sétimo dia, e elas precisavam voar rapidamente para alcançar a região polar a tempo.

Enquanto isso, o pássaro-urso preparava-se para a luta. Afiou as garras nas pequenas fissuras do gelo. Caçou uma foca e testou seus grandes dentes amarelos esmigalhando os ossos daquela. E a gaivota rainha mandou seu bando alisar as plumas do rei dos ursos até que elas se assentassem suavemente sobre o corpo.

Mas todos os dias eles lançavam olhares ansiosos para o céu, na direção sul, esperando pelas cem gaivotas que trariam de volta a pele original do rei.

O sétimo dia chegou, e todos os ursos polares da região se reuniram diante da caverna do rei. Entre eles estava Woof, forte e seguro de seu sucesso.

— As plumas do pássaro-urso vão começar a voar logo que eu puser minhas garras sobre ele! — gabou-se Woof; e os outros ursos riram e o incentivaram.

O rei estava desapontado por não haver recuperado sua pele, mas resolveu lutar bravamente mesmo sem ela. Avançou pela abertura de sua caverna com uma postura real e orgulhosa. Quando encarou seu inimigo, soltou um rugido tão terrível que o coração de Woof parou de bater por um momento, e este começou a perceber que uma luta com o sábio e poderoso rei de sua espécie não era motivo para risos.

Depois de trocar um ou dois golpes violentos com seu inimigo, a coragem de Woof começou a voltar, e ele resolveu intimidar o adversário por meio de ameaças.

— Chegue mais perto, pássaro-urso! — gritou ele. — Chegue mais perto, assim posso arrancar a sua plumagem!

Aquela provocação enfureceu o rei. Eriçou as plumas como um pássaro, até aparentar o dobro de seu tamanho, deu uma passada larga adiante e desferiu em Woof um golpe tão forte, que o crânio deste quebrou-se como uma casca de ovo, e o urso desafiante caiu de bruços no chão.

Enquanto aquele grupo de ursos olhava com medo e espanto o seu campeão derrotado no chão, uma centena de gaivotas deu um mergulho do alto e deixou cair sobre o corpo do rei uma pele coberta de pelos branquíssimos, que brilhavam como prata à luz do sol.

E olhe só: os ursos viram diante deles a forma bem conhecida de seu sábio e respeitado mestre e curvaram unanimemente a cabeça peluda em homenagem ao poderoso Rei dos Ursos Polares.

* * *

Esta história nos ensina que a verdadeira dignidade e coragem não dependem da aparência exterior; pelo contrário, vêm de dentro. E ensina também que fanfarronice e ameaças são armas fracas para se levar numa batalha.

O mandarim e a borboleta

Houve uma vez em Kiang-ho um mandarim tão rabugento e desagradável que todos o odiavam. Rosnava e esbravejava com todas as pessoas que encontrava, e nunca, em nenhuma circunstância, fora visto rindo ou alegre. O mandarim odiava em especial garotos e garotas, pois os garotos zombavam dele, o que o enfurecia ainda mais, e as garotas riam dele, o que lhe feria o orgulho.

Quando se tornou impopular a ponto de ninguém querer mais lhe falar, o imperador soube da situação e o obrigou a imigrar para os Estados Unidos da América. Isso agradou por demais ao mandarim; mas, antes de deixar a China, roubou o *Grande livro de magia* do sábio feiticeiro Haot-sai. Reuniu uma pequena reserva de dinheiro e tomou o navio para os Estados Unidos.

O mandarim instalou-se em uma cidade do Meio-Oeste e, é claro, abriu uma lavanderia, uma vez que essa parece ser a vocação natural de todos os chineses, sejam eles operários, sejam mandarins.

Ele não travou conhecimento com os outros chineses da cidade, os quais, quando o encontravam e viam o botão vermelho em seu chapéu, percebiam que se tratava de um verdadeiro mandarim e lhe faziam grandes reverências. Ele pendurou uma placa vermelha e branca na porta, e as pessoas levavam-lhe as roupas para lavar e, em troca, ficavam com senhas de papel com letras chinesas gravadas, sendo esse o único tipo de letra que o mandarim conhecia.

Um dia, quando estava passando roupa em sua lavanderia no subsolo do número 2635 da rua Principal, o homem mal-humorado olhou para cima e viu um grupo de rostos infantis espremidos contra a janela. A maioria dos chineses faz amizade com as crianças, mas ele as odiava e tentou mandá-las embora. Porém, logo que voltou ao trabalho, elas retornaram à janela sorrindo-lhe travessamente lá do alto.

O mandarim mal-educado proferiu palavras horríveis na língua da Manchúria e fez gestos ameaçadores; mas isso não melhorou as coisas. As crianças permaneceram na janela pelo tempo que quiseram, voltaram no dia seguinte, logo que saíram da escola, e igualmente no dia seguinte, e no seguinte, porque perceberam que sua presença na janela incomodava o chinês, e isso as deliciava.

No dia que se sucedeu àqueles, as crianças não apareceram, porque era domingo; mas o mandarim era pagão, e estava trabalhando em sua lojinha, quando uma grande borboleta entrou voando pela porta aberta e ficou voejando pelo aposento.

O mandarim fechou a porta e perseguiu a borboleta até pegá-la; então a pregou contra a parede, enfiando dois pregos em suas belas asas. Isso não machucou a borboleta, que não tem sensibilidade nas asas, mas a fez prisioneira.

Essa borboleta era bem grande, e suas asas eram primorosamente marcadas por cores magníficas dispostas em desenhos regulares, como janelas de vitral de uma catedral.

O mandarim então abriu seu baú de madeira e tirou de dentro dele o *Grande livro de magia* que roubara de Haot-sai. Virando lentamente as páginas, chegou a uma passagem que descrevia "Como entender a linguagem das borboletas": Leu essa parte com cuidado, em seguida preparou uma poção mágica em uma caneca de metal e a bebeu fazendo caretas. Imediatamente depois disso ele falou com a borboleta na língua dela, dizendo:

— Por que entrou nesta sala?

— Senti cheiro de mel de abelha — respondeu a borboleta —, então pensei que poderia encontrar mel aqui.

— Mas você é minha prisioneira — disse o mandarim.

— Se eu quiser posso matá-la, ou deixá-la pregada na parede para morrer de fome.

— Eu já esperava por isso — retrucou a borboleta com um suspiro. — Mas minha espécie tem vida curta, de qualquer forma; não importa se a morte vai chegar mais cedo ou mais tarde.

— Entretanto você gosta de viver, não gosta? — perguntou o mandarim.

— Sim; a vida é divertida e o mundo é lindo. Não busco a morte.

— Então — disse o mandarim —, vou dar-lhe vida, uma longa e agradável vida, se prometer obedecer-me durante algum tempo e seguir minhas instruções.

— Como uma borboleta pode servir a um homem? — perguntou a criatura, surpresa.

— Em geral, elas não podem — foi a resposta. — Mas tenho um livro de magia que me ensina coisas estranhas. Você promete?

— Ah, sim, prometo! — respondeu a borboleta. — Pois mesmo como sua escrava vou conseguir extrair algum prazer da vida, ao passo que se você me matar será o fim de tudo!

— É verdade — disse o mandarim —; as borboletas não têm alma, e sendo assim não voltarão à vida.

— Mas já desfrutei três vidas — retrucou a borboleta, com algum orgulho. — Antes de me tornar borboleta já fui uma lagarta e uma crisálida. Você nunca foi nada além de um chinês, ainda que eu tenha de admitir que a sua vida é mais longa que a minha.

— Vou prolongar a sua vida por muitos dias, se você me servir — declarou o chinês. — Posso conseguir isso facilmente usando minha magia.

— É claro que vou servi-lo — disse imprudentemente a borboleta.

— Então, escute! Conhece crianças, não conhece? Garotos e garotas?

— Sim, conheço. Elas perseguem-me e tentam apanhar-me, como você fez — respondeu a borboleta.

— Pois elas me ridicularizam, ficam na janela zombando de mim — continuou o mandarim, amargamente. — Portanto, são inimigas suas e minhas! Mas com a sua ajuda e o auxílio do livro de magia, conseguiremos uma boa vingança pelos insultos que elas nos dirigem.

— Não ligo muito para vinganças — disse a borboleta. — São apenas crianças, e é natural que queiram pegar uma criatura tão bonita como eu.

— Mas eu ligo! E você deve obedecer-me — replicou o mandarim asperamente. — Eu, pelo menos, terei minha vingança.

Então colocou uma gota de melado sobre a parede, ao lado da cabeça da borboleta, e disse:

— Coma isso enquanto leio meu livro e preparo uma fórmula mágica.

Assim, a borboleta banqueteou-se com o melado, e o mandarim estudou seu livro, depois do que começou a preparar uma poção mágica na caneca de metal.

Quando a mistura estava pronta, soltou a borboleta da parede e disse-lhe:

— Ordeno-lhe que mergulhe as duas patas dianteiras nessa poção mágica e depois voe até encontrar uma criança. Voe perto dela, quer seja um menino, quer seja uma menina, e toque sua testa com as patas. O livro diz que todo aquele que for tocado irá transformar-se em porco e permanecerá assim para sempre. Depois retorne para mim e mergulhe novamente as patas no conteúdo desta caneca. Assim todos os meus inimigos, as crianças, irão tornar-se suínos desprezíveis, e ninguém pensará em acusar-me de feitiçaria.

— Está bem; uma vez que essa é a sua ordem, eu obedeço — disse a borboleta. Então mergulhou as patas dianteiras, as mais curtas das seis que possuía, no conteúdo da caneca de metal e voou pela porta, passando por sobre as casas e indo até o fim da cidade. Chegando lá, pousou em um jardim florido e esqueceu-se de sua missão de transformar crianças em suínos.

Indo de flor em flor, logo retirou a poção mágica das patas, de modo que, quando o sol começou a se pôr e a borboleta finalmente se lembrou de seu mestre, o mandarim, já não poderia fazer mal a uma criança, mesmo que tentasse.

Mas ela não pretendia tentar.

"Aquele horrível velho chinês", pensou, "odeia crianças e quer dar cabo delas. Mas, de minha parte, até gosto delas, e não quero feri-las. Claro que devo retornar para o meu mestre, pois ele é mágico e iria encontrar-me e matar-me; mas posso facilmente o enganar nessa questão".

Logo que entrou pela porta da lavanderia do mandarim, este perguntou impacientemente:

— E então, encontrou alguma criança?

— Sim — respondeu calmamente a borboleta. — Era uma menina linda, de cabelos dourados... mas agora não passa de um porco roncador.

— Que bom! Que bom! Que bom! — gritou o mandarim, dançando alegremente pelo aposento. — Você ganhará melado no jantar e amanhã deverá transformar duas crianças em porcos.

A borboleta não respondeu, apenas comeu o melado em silêncio. Uma vez que não tinha alma, também não tinha consciência e, não tendo consciência, era capaz de mentir para o mandarim com grande desembaraço e um pouco de contentamento.

Na manhã seguinte, a uma ordem do mandarim, a borboleta mergulhou as patas na mistura e voou em busca de crianças.

Quando chegou ao fim da cidade, reparou em um porco dentro de um chiqueiro e, pousando sobre a cerca, ela olhou para a criatura e pensou:

"Se posso transformar uma criança em porco tocando-a com a poção mágica, pergunto-me em que poderia transformar-se um porco".

Curiosa em resolver essa questão sutil de feitiçaria, a borboleta voou para o chiqueiro e tocou as patas dianteiras no focinho do porco. Instantaneamente o animal desapareceu, e em seu lugar surgiu um garoto desgrenhado e de aparência suja, que pulou a cerca e desceu a rua correndo, soltando gritos altos.

— Que engraçado — disse a borboleta para si. — O mandarim ficaria muito bravo comigo se soubesse disso, pois libertei mais uma das criaturas que o aborrecem.

Saiu adejando atrás do garoto, que havia parado para atirar pedras em um gato. Mas o bichano escapou subindo em uma árvore, onde os galhos grossos o protegiam das pedras. Então o garoto descobriu um jardim recém-plantado e começou a andar sobre os canteiros, esmagando-os até que as sementes fossem espalhadas para longe e o jardim ficasse arruinado. Em seguida ele pegou uma vara e começou a bater em um bezerrinho que estava calmamente pastando no campo. A pobre criatura saiu correndo soltando berros de dar pena. O menino riu e foi-lhe ao encalço, batendo-lhe mais e mais.

"Realmente", pensou a borboleta, "não me espantaria que o mandarim odiasse crianças se todas fossem tão cruéis e malvadas quanto esse menino".

Quando o bezerro conseguiu escapar, o garoto voltou à estrada, onde encontrou duas garotinhas a caminho da escola. Uma delas trazia na mão uma maçã vermelha, que o garoto roubou e começou a comer. A garotinha pôs-se a chorar, mas sua companheira, mais corajosa e decidida, gritou:

— Você deveria ter vergonha de si mesmo, garoto malvado!

Em resposta a isso o menino avançou sobre ela e deu uma bofetada em seu lindo rostinho, e então também ela começou a soluçar.

Ainda que não possuísse nem alma nem consciência, a borboleta tinha um coração sensível e decidiu que não podia mais tolerar aquele garoto.

"Se eu permitir que ele exista", refletiu, "nunca me perdoarei, pois esse monstro não fará nada além de maldades, de manhã até a noite".

Então voou direto até o rosto do menino e tocou-lhe a testa com suas patas dianteiras úmidas.

No instante seguinte o garoto havia desaparecido, mas um porco roncador subiu rapidamente a rua e foi no sentido de seu chiqueiro.

A borboleta soltou um suspiro aliviado.

— Desta vez de fato usei a magia do mandarim sobre uma criança — murmurou enquanto vagueava, com preguiça, na brisa suave. — Mas, uma vez que originalmente a criança era um porco, acho que não tenho motivos para repreender-me. As garotinhas eram meigas e dóceis, e eu não as prejudicaria para salvar a minha vida, mas, se todos os garotos fossem como esse porco transformado, eu não hesitaria em levar a cabo as ordens do mandarim.

Então voou para uma roseira, onde permaneceu confortavelmente até o entardecer. Quando o sol baixou ela retornou para seu mestre.

— Você transformou duas crianças em porcos? — perguntou ele prontamente.

— Sim — respondeu a borboleta. — A primeira era um belo menininho de olhos negros, e o outro um entregador de jornais ruivo e sardento.

— Que bom! Que bom! Que bom! — exclamou o mandarim, num êxtase de felicidade. — Esses são os que mais me atormentam! Transforme em porcos todos os entregadores de jornal que encontrar!

— Está bem — respondeu a borboleta calmamente, e jantou o seu melado.

Desse mesmo modo passaram-se muitos dias para a borboleta. Enquanto brilhava o sol, ela voava sem rumo nos jardins floridos e de noite retornava ao mandarim com histórias falsas sobre crianças que transformara em suínos. Algumas vezes dizia que transformara uma criança, outras vezes eram duas, e até três; mas o mandarim sempre acolhia o relato da borboleta com intensa satisfação e dava-lhe melado para o jantar.

Entretanto, uma tarde a borboleta pensou que seria bom variar o relato, para não despertar suspeitas; e quando o mestre lhe perguntou que criança ela havia transformado em porco naquele dia, a mentirosa criatura respondeu:

— Era um garoto chinês e quando o toquei ele se tornou um porco preto.

Isso enfureceu o mandarim, que estava especialmente mal-humorado naquele dia. E ele malvadamente apertou a borboleta com o dedo até quase quebrar a linda asa. Ele havia se esquecido de que os garotos chineses também já haviam zombado dele, e só se lembrava da sua aversão pelos garotos americanos.

A borboleta ficou muito indignada com esse abuso do mandarim. Recusou-se a comer o melado e passou toda a noite emburrada, pois crescera dentro dela um ódio ao mandarim quase tão grande quanto o que ele sentia pelas crianças.

Quando a manhã chegou ela ainda tremia de indignação; mas o mandarim gritou-lhe:

— Apresse-se, sua escrava desprezível; pois hoje deverá transformar quatro crianças em porcos para compensar o que fez ontem.

A borboleta não respondeu. Seus olhinhos negros brilhavam malvadamente, e assim que mergulhou as patas na poção mágica ela voou direto para o rosto do mandarim e tocou sua feia e achatada testa.

Logo depois um cavalheiro entrou na loja em busca de sua roupa lavada. O mandarim não estava lá, mas um porco repulsivo e esquelético andava pelo aposento guinchando miseravelmente.

A borboleta voou até um riacho e lavou as patas dianteiras até tirar todo o resto da poção mágica. E quando a noite chegou ela dormiu em uma roseira.